d

Sasha Filipenko
Die Jagd

ROMAN

Aus dem Russischen von
Ruth Altenhofer

Diogenes

Titel der 2016 bei Wremja, Moskau
erschienenen Originalausgabe: ›Trawlja‹
Zitatnachweis am Schluss des Bandes
Covermotiv: Illustration von Lorenzo Gritti
Copyright © Lorenzo Gritti

Die Übersetzung wurde mit einem Perewest-Stipendium
sowie mit einem Arbeitsstipendium des
österrreichischen BMKÖS gefördert

Der Diogenes Verlag wird vom Bundesamt für Kultur
für die Jahre 2021–2024 unterstützt

All rights reserved
Alle Rechte vorbehalten
Copyright © 2022
Diogenes Verlag AG Zürich
www.diogenes.ch
120/22/44/1
ISBN 978 3 257 07158 0

Die Sonate (ital. *sonare* – klingen)
ist eine Gattung der Instrumentalmusik
sowie eine musikalische Form,
genannt Sonatenhauptsatzform.
Sie wird für kammermusikalische Besetzungen
oder Klavier komponiert.

Einleitung

Am Nachmittag spielen sie im Garten ein Quiz. Als Thema geben die Nachhilfelehrer Russland vor, neunzehntes, zwanzigstes Jahrhundert. Begleitet von Zikaden erklingen Mussorgski, Tschaikowski und Cui. Die höchste Punktezahl erreicht Lisa. Sie hat nur *Die Toteninsel* mit den *Sinfonischen Tänzen* verwechselt. »Rachmaninow hätte es durchgehen lassen«, scherzt der Pädagoge, den sie über den Sommer ins Ausland geholt haben. Silber geht an Pawel. Er hat den *Bojarenchor* und *Die Liebe zu den drei Orangen* nicht erkannt. Der Älteste und der Jüngste, Alexander und Anatoli, geben ihre Blätter leer ab. Sascha kommt gerade erst vom Training, Tolja kann sich nicht vom Handy losreißen.

Gegen acht setzen sie sich zum Abendessen. Aus den Boxen plätschern die *Moskauer Nächte*. Der Störkoch serviert Meeresfrüchte. Pawel rühmt sich, er sei in Antibes gewesen und habe Monsieur Guillaume drei Flaschen zu je sechstausend abgeschwatzt. Alexander schweigt. Tolja spielt. Mama sagt, man solle nicht feilschen, denn die Franzosen – diese Drehorgelspieler mit ihrem Stock ihr wisst schon, wo – sagen dann womöglich, die Russen seien alle Halsabschneider.

Nach dem Essen setzen sie sich vor den Fernseher. Der große Flachbildschirm steht gleich hier draußen. Die Kabel schlingen sich um den Gartenschlauch. Über dem Bildschirm kreist eine Biene.

Sie hören dem Vater schweigend zu, aufmerksam wie sonst nie. Papa prognostiziert den unvermeidlichen Zusammenbruch der Konsumgesellschaft, konstatiert die Ineffizienz der Demokratie und besteht auf der Notwendigkeit, die Welt auf Basis orthodoxer Prinzipien zu verändern. Auf eine Frage der Journalistin (einer äußerst hübschen und fatal dummen Interimsgeliebten eines Ministers) verkündet Papa, er fürchte keine Sanktionen, verfüge über keinerlei Immobilien im Ausland, sein einziger Reichtum sei das heilige Russland. Die Kinder lachen. Mamas Miene verdüstert sich.

Den nächsten Tag verbringen sie auf dem Meer. Dunkelblaue Wellen, zum Horizont hin verblassend. Mal hier, mal da, als drückten sie Paste aus einer Tube, hinterlassen Jachten lange weiße Bänder. Lisa und Pawel liegen auf dem Deck und beobachten die Flugzeuge im Anflug auf Nizza. Lisa zählt die Jets, Pawel übernimmt die »Habenichtse« – Airbusse und Boeings.

»Weißt du, warum sich der Papst jedes Mal bekreuzigt, wenn er aus einem Flugzeug steigt?«

»Nein, warum?«

»Na, müsstest du mit Alitalia fliegen, würdest du dich auch bekreuzigen!«

Mama und Alexander chillen auf dem Hubschrauberlandeplatz der Jacht. Der kleine Tolja kämpft gegen Computermonster. Drei Liegen durchkreuzen das gelbe H. Mama trägt einen Hut, dessen Krempe Saturn alle Ehre gemacht hätte, Sascha eine Radsportkappe mit aufgestelltem Schirm.

Auf der benachbarten Jacht bemüht sich ein neofaschistischer Abgeordneter um Bräune und lässt sich dabei von einem berühmten Schriftsteller bespaßen. Die Kinder des Literaten und ihre Nannys laufen auf der Jacht hin und her. Der Schriftsteller bemüht sich um Geld. Der Abgeordnete hat im Grunde nichts dagegen, zieht aber ein gewisses Vergnügen aus dem linguistischen Gezappel des Autors. Das Meer trägt den Schall gut weiter.

»Mein Gott, wenn er nicht gleich was springen lässt, geb ich ihm was!«

»Hast du gelesen, was sie heute über uns schreiben?«

»Ja ...«

Alexander meint einen Text, der erst vor wenigen Stunden im Netz erschienen ist. Nach dem superpatriotischen Auftritt des Vaters hat ein bekannter Journalist einen Blogbeitrag mit Informationen zu einigen (wenn auch unbedeutenden) Konten und küstennahen Häusern online gestellt. Zudem sind die aktuellen Ausbildungsplätze von Lisa, Pawel und Anatoli angeführt, mit korrekter Nennung der zwei Lycées und der Schule in Paris. Dass Alexander in der untersten Fußballdivision Frankreichs spielt, verschweigt der Autor aus irgendeinem Grund.

»Glaubst du, Vater wird für seine Worte bezahlen müssen?«

»Eher wird der drankommen, aus dessen Feder das stammt.«

Exposition

Hauptsatz

Der Hauptsatz ist ein wichtiges Element der Exposition. Er bildet die Grundlage des folgenden Konflikts und der weiteren Entwicklung. Und während die Familie Slawin auf dem Sonnendeck liegt, trägt uns die Melodie in die Zukunft, wo wir erstmals das Motiv der Jagd hören.

Als die Grube fertig ausgehoben ist, lässt der Bagger den Pfahl hinab. In das frische Grab ergießt sich der Nebel wie Milch in eine Tasse. Ringsum Stille. Keine Häuser, keine Stromleitungen. Lakonische Unendlichkeit: dunkler Wald und graue Wolken.

Folgende Regeln: immer maximal zwei Hunde auf einmal. Der Bär ist mit einer Hinterpfote am Pfahl fixiert. Die Krallen sind ungeschliffen, die Eckzähne auch. Die Meute hat gewonnen, wenn Meister Petz auf dem Rücken liegt oder erwartungsgemäß verreckt.

»Blenden wir ihn doch wenigstens! Bei so viel Schonung zerfetzt uns der alle Hunde!«

»Nein!«

Der Chef ist dagegen. Regeln sind Regeln. Thermosflaschen in unseren Händen, in den beschlagenen Jeeps die Hunde. Zeit anzufangen.

Sie lassen das erste Paar los. Der Besitzer bleckt die Zähne, reibt sich die Hände, denkt, der Bär sei am Ende. Kretin. Er hat keine Ahnung, wozu ein gehetztes Tier fähig ist. Dabei hätte er es wissen können, denn der Gast ist Ermittler in besonders wichtigen Fällen. Mit Verhören kennt er sich wahrscheinlich besser aus.

Die Stille reißt ab. Die Hunde bellen, stürzen sich auf den Bären und weichen gleich wieder zurück. Krümmen die Rücken und knurren. Ihr Fell sträubt sich. Wir haben Gänsehaut. Nicht, dass wir das noch nie gesehen hätten, aber die ersten Minuten sind immer so. Überwältigend grausig. Das gefesselte Tier brüllt dumpf. Es stellt sich auf die Hinterbeine, kann aber nicht angreifen. Alles, was es heute tun kann, ist langsam und qualvoll zu sterben. Der Chef grinst.

Der Fleischwolf fängt an, sich zu drehen. Der Kampf nimmt Schwung auf. Die erste entzweigerissene Hündin jault auf. Blut spritzt, Gedärme quellen heraus. Die Eingeweide sind rosa, viel heller als das Blut. Wir lächeln, weil es so ein guter Teddy ist. Wir mögen dieses Tier – schade nur, dass es bald sterben wird. Vor den Mastiffs bitten wir sogar um seine Begnadigung, doch der Chef erlaubt es nicht ...

Meister Petz wird gegen Mittag verscharrt. Für Präparatoren gibt es hier nichts mehr zu tun. Der Bär ist zerfetzt bis auf die Knochen. Irgendwie schade um ihn ... War ein gutes Tier, eine Kämpfernatur ...

Wir steigen wieder ins Auto, schalten das Radio ein. Lew Leschtschenko singt:

Langsam werden alle Tribünen leer,
Die Zeit der Wunder verhallt,
Lebe wohl, unser lieber Teddybär,
Kehr zurück in den Märchenwald.
Weine nicht, einmal lächle uns noch zu,
Denk an uns, wenn die Tage vergehen,
Dann werden auch unsere Träume wahr,
wünsch uns allen ein Wiedersehen.

PAUSE

In diesem Abschnitt lernen wir Mark Smyslow kennen, einen berühmten Cellisten, der uns dieses Musikstück vorspielt.

Über dem Bahnhof in der Stadt der Mode spannt sich eine dreihundertfünfzig Meter hohe Kuppel. Ein Machtsymbol des Mussolini-Regimes, das mit der Zeit eine an Schönheit grenzende Patina angenommen hat. Wir laufen den Bahnsteig entlang. Der Zug wird gleich losfahren. Ich mit Cello und Buch, Fjodor mit Koffer und einer Fünfliterflasche Wein, die sie hier *Bambino* nennen. Gott allein weiß, wofür er die braucht.

Der Freund hält kaum Schritt mit mir – schon auf dem Konservatorium hatte Fedja den Spitznamen Zentner. Schließlich rennt Fedja in mich hinein. Die Flasche fällt auf den Bahnsteig, und Rotwein ergießt sich über den Beton.

– Mark, ich kann nicht mehr! Ich fall gleich tot um! Ich bitte dich – gönn uns eine Pause!
– Ich hätte ja nichts dagegen – aber der Zug …

Mailand–Lugano. Nur eine Stunde Fahrt. Stichprobenartige Passkontrollen, ein Stückchen Comer See vor dem Fenster. Eine Herausforderung für das

Gleichgewichtsorgan, wenn die Waggons sich auf Schweizer Territorium in den Kurven neigen.

Zentner plappert irgendetwas, ich schweige. Der Freund versucht vergeblich, ein Gespräch anzufangen. Keine Lust zu reden. Ich muss wieder daran denken, was mir mein Bruder erzählt hat, und reiche Fedja mein iPad. Fünf aufgerufene Seiten, fünf niederschmetternde Berichte. Ich lasse meinen letzten Auftritt in Lugano Revue passieren. Einen Monat ist es her, seit man mich die größte Enttäuschung des Jahres genannt hat. Die Kritiker fanden, ich sei überbewertet, Bach tue ihnen leid. Alle stimmten überein, die Sonate sei zu langsam, zu bedeutungsschwer und absolut planlos gespielt worden. Stimmt alles, nur ahnten die Kritiker wohl kaum, was sich an jenem Tag ereignet hatte.

PAUSE

Einige Takte, die uns an die Côte d'Azur zurückbringen.

Beim Sonnenbaden auf der Jacht denkt Alexander an Sébastien, einen jungen Angestellten des Chagall-Museums in Nizza. Sascha spürt, er ist verliebt. Vorige Woche hatte er im Wunsch, sich zu öffnen und das Objekt seiner Begierde zu beeindrucken, Sébastien in das Landhaus seiner Familie nahe Juan-les-Pins eingeladen. Er nahm seinen Gast an der Hand und zeigte ihm ein Bild von Chagall. Selbstverständlich das Original.

»Woher habt ihr den?«
»Hat Papa angeschleppt.«
»Ist dein Vater Sammler?«
»Nicht ganz – er war mit einem berühmten Politiker in der gleichen Klasse.«
»Ist das ein Beruf?«
»In Russland schon.«
»Und er kann sich solchen Luxus leisten?«
»Offiziell gehört das Bild Mama.«
»Was ist die von Beruf?«

Sascha spürte, dass die Wahrheit über seine Familie ihm wohl kaum Bonuspunkte verschaffen würde. Doch der Wunsch nach Ehrlichkeit gegenüber dem jungen Mann, der alle seine Matches besuchte, durchkreuzte alle weiteren Ausflüchte.

»Stell dir einen Urwald vor. Darin steht seit Sowjetzeiten ein Pflegeheim. Das Grundstück ist viel wert, aber die Alten kriegt man nicht so leicht weg. Man kann natürlich einen Brand vortäuschen, aber ... Jedenfalls, da gibt es einen – übrigens wohnt er zwei Villen von uns entfernt –, der schickt sein treues Gefolge los, und die finden in dem Heim die Pest oder die Vogelgrippe. Die Institution, die ein halbes Jahrhundert bestanden hat, wird geschlossen. Die Alten und Invaliden müssen umziehen, das Gebäude wird abgerissen, der quasi infizierte Wald abgeholzt. An der Stelle des Hauses wird eine gewaltige Baugrube ausgehoben. Darin vergraben sie einen Riesenberg Müll – in unserem Land ist das Problem der Abfallentsorgung bis dato nicht gelöst. Dann wird die Erde nivelliert, und wo früher das Pflegeheim stand, auf der Müllhalde, werden Wohnhäuser für die Elite gebaut – der Wald steht übrigens unter Naturschutz. Meine Mama verdient bei jeder Etappe mit. Das ist eine ihrer vielen Einkommensquellen. Papa hat als Staatsbediensteter nicht das Recht, auf diese Art Geld zu machen. Jetzt weißt du, woher wir den Chagall haben.«

Sébastien, Mitglied der kommunistischen Partei Nizzas, reagiert nicht mehr auf Saschas Anrufe. Drei Tage schon. Sascha betrachtet die Wolken und denkt, mit der Wahrheit hätte er warten sollen. Die Wahrheit will nie jemand wissen, höchstens Menschen mit Gewissen, die keine Ahnung haben, wie man damit lebt. Die Wahrheit bringt nur Kummer. Sascha spürt, dass die Wahrheit immer zu viel ist.

Bei Sonnenuntergang kommen sie zu Hause an. Im Garten vibrieren Insekten. Wie der Behang einer Vogelscheuche klingeln Mutters goldene Armreifen im Wind. Lisa jammert, sie wolle nach Paris, Pawel steht vor dem Spiegel und stellt den Kragen mal auf, mal legt er ihn wieder um. Tolja hat den obersten Boss gekillt und steigt ins nächste Level auf. Sascha will nach Nizza, aber aus der ersehnten Aussprache mit dem Freund wird nichts – der Vater ruft an. Die Mutter hört ihm eine Minute lang zu, dann rollt über ihre bronzene Wange eine Träne.

»Sascha, lass unsere Sachen packen. Wir fahren nach Moskau, Vater möchte uns präsentieren.«

»Ich fahre aber nicht – ich hab ein Spiel!«

»Du fährst mit – Vater hat gesagt, er organisiert einen Transfer für dich …«

PAUSE

Der Moment, in dem erstmals in der Sonate die Stimme von Anton Quint erklingt, Journalist und frischgebackener Vater.

Anton betritt sein Arbeitszimmer, setzt sich an den Schreibtisch. Computer, Hefte, Figürchen von Dalí und Picasso, die er aus San Sebastián mitgebracht hat – alles kommt ihm neu und seltsam vor. Erst jetzt bemerkt er, dass er noch immer die Überzieher aus dem Geburtshaus an den Schuhen trägt. Anton schüttelt den Kopf über seine eigene Zerstreutheit. Er klappt den Laptop auf und tippt:

Das ist mein erster Text, den ich nicht für die Öffentlichkeit schreibe. Diese Worte sind für Dich, meine Liebe. Du wurdest vor wenigen Stunden geboren. Mama und ich haben noch nicht mal einen Namen für Dich. Mir gefällt Lera, Mama Anastassija. Der Geburt nach zu schließen, hast Du einen starken Charakter – Du wolltest einfach nicht zur Welt kommen.

Wenn Du eines Tages diesen Text liest, wirst Du nie im Leben denken, dass Dein Vater Journalist ist. Mir ist jetzt nicht nach Schreiben zumute. Das alles ist so schwer zu fassen! Ich habe das Gefühl, sogar das Sprechen lerne ich in diesem Augenblick neu. Alle Wörter der Welt bekommen einen ganz anderen Sinn. Ich weiß auch gar nicht, was ich Dir schreiben soll, meine Süße. Alles fühlt sich so warm und so ungewohnt an. Na ja, ich laufe mit einem idiotischen Grinsen herum, das schon …

Heute habe ich Dich zum ersten Mal im Arm gehalten. Das war unbeschreiblich! Mein ganzer Körper hat gekribbelt, als ob Ameisen über ihn liefen. Ich hab Dich so sehr lieb! Ich hätte nicht gedacht, dass man solche Gefühle haben kann. Kaum zu glauben, dass dieses Meer, das mich gerade erfüllt, überhaupt Platz hat in meiner Brust.

Dein lieber Papa hat natürlich losgeheult. Die Schwester im Geburtshaus hat gesagt, die Väter heutzutage seien auch nicht mehr das Wahre. Zu sensibel geworden. Ich bat sie ein paarmal, Dich wenigstens noch ein Minütchen halten zu dürfen, aber die Alte schnaubte, ich hätte noch Zeit genug. Dabei halte ich Dich so gern im Arm, ich glaube, das könnte ich mein ganzes Leben lang tun.

Jetzt bin ich zu Hause. Ganz allein. Es ist still. Diese Wände haben noch nie Deine Stimme gehört. Du kommst erst morgen. Auf Dich warten schon Dein Bettchen und Dein erster Teddybär.

Na dann, süße Träume, mein Schatz! Schlaf gut, und ich (sag ich Dir im Geheimen) arbeite noch ein wenig. Nicht einmal Mama weiß davon – ich habe eine Idee für eine Erzählung, die möchte ich so schnell wie möglich aufschreiben!

PAUSE

Noch ein paar Akkorde, deren Sinn sich uns erst etwas später erschließen wird.

Das Gerichtsverfahren wurde, wie alle bedeutsamen Verfahren jener Zeit, live übertragen. Ich verzichte auf eine umständliche Exposition und springe gleich zu dem Moment, in dem der Staatsanwalt sein Verhör fortsetzt:

»So, wenn Sie mir nun bitte erläutern wollen, was Ihr Blogeintrag zu bedeuten hatte.«

»Nichts.«

»Sie wollen uns weismachen, dass Sie einfach so, ohne jeden Hintergedanken, eine leere Nachricht veröffentlicht haben?«

»Ja.«

»Das heißt, wir sollen Ihnen glauben, dass ein Autor mit dreihunderttausend Followern einen leeren Post veröffentlicht, ohne damit etwas bezwecken zu wollen?«

»Genau.«

»Wollen Sie uns für blöd verkaufen?«

»Keineswegs. Vielmehr scheint mir, dass ich nicht der Einzige bin, der leere Nachrichten versendet. Unser Imperator spricht in Worten, die nichts bedeuten, sein Gefolge denkt sich Gesetze aus, die keinen Sinn ergeben, unsere Journalisten …«

»Kommen Sie zur Sache! Ich frage Sie noch einmal, was hat Sie motiviert, in Ihrem Blog einen Eintrag zu veröffentlichen, der kein einziges Zeichen enthielt?«

»Ich wollte einfach sehen, wohin das führt.«

»Nun ja ... Ich hoffe, Ihre Neugierde ist nun befriedigt. Euer Ehren, darf ich jetzt in meiner Rolle als Strafverteidiger pausieren und, nunmehr als Ankläger, die Geschädigten in den Saal rufen?«

»Bitte schön.«

Hier ist anzumerken, dass zum Zeitpunkt dieses Gerichtsprozesses in dem Land, in dem er stattfand, bereits zehn Jahre vorher eine Justizreform in Kraft getreten war. Das Ziel: Der Personalbestand in der Prozessordnung sollte optimiert werden. Das Ergebnis: Die Rolle des Staatsanwalts und des Verteidigers wurde von ein und demselben Subjekt wahrgenommen. Diese Entscheidung war mit einer deutlichen Stimmenmehrheit getroffen worden und stieß vor allem auf starken Zuspruch der Richter, deren Arbeitsalltag, wie sie meinten, so »noch viel fabelhafter« wurde.

In der Rolle der Geschädigten trat eine Gruppe gläubiger Menschen auf, deren Gefühle verletzt worden waren. Sie marschierten mit Plakaten in den Saal und sagten ihre einstudierten Phrasen auf, was dem Fernsehpublikum zweifellos gefiel.

»Was haben Sie gefühlt, als Sie diesen Post lasen?«

»Wir fühlten uns angegriffen!«

»Was genau an dieser Nachricht hat Sie angegriffen, sie enthält ja bekanntlich keinen einzigen Buchstaben.«

»Genau das hat uns ja so verletzt! Wir waren erschüttert über die Spitzfindigkeit, mit der der Autor des vorliegenden, wenn Sie gestatten, Textes sich über uns lustig machen wollte. Dieser Mensch dachte wohl, wenn er eine leere Nachricht publiziert, dann verstehen wir nicht, dass er sich gezielt über uns lustig macht, aber wir lassen uns nicht für dumm verkaufen, Euer Ehren! Wir haben sofort verstanden, dass dieser Schuft unseren Glauben verspottet!«

»Sprechen Sie weiter …«

»Zugegeben, wir haben lange überlegt – ist es dieser Rüpel überhaupt wert, verklagt zu werden? Immerhin sind wir ganz dem Geistigen zugewandte Leute. Wir hätten es erdulden und dem Dreckskerl sogar verzeihen können. Doch letztlich haben wir beschlossen, dass das ganze Unheil und die Tragödie darin bestehen, dass nicht nur unsere Gefühle verletzt worden sind, sondern die Gefühle von Millionen Gläubigen, die im Unterschied zu uns nicht für sich einstehen können. Bei dieser Klage geht es nicht nur um unsere Kränkung, sondern vielmehr um eine Reaktion aller wahren Patrioten im Glauben!«

»Sagen Sie bitte, was haben Sie gefühlt, als Sie sahen, dass Tausende Menschen diese leere Nachricht zu teilen begannen?«

»Ach ... gar nicht auszudrücken ... Das hat uns erst recht getroffen ... Zugegeben, das war eigentlich die schwerste Heimsuchung, schwerer sogar als der Post selbst! Wenn es nur von einem Menschen kommt, dann ist es ja noch erträglich, denn dieser Mensch ist entweder ein Dummkopf oder ein Schuft, der Geld aus dem Westen bekommen hat. Doch etwas ganz anderes ist es, wenn sich die wahren Gläubigen der Verschwörung eines ganzen Rudels von Hyänen gegenübersehen. Wir hegen keine Zweifel daran, dass jeder, der den Post gelikt oder weiterverbreitet hat, an diesem Verbrechen mitbeteiligt ist.«

»Diese Entscheidung obliegt dem Gericht!«

»Ja, natürlich, Euer Ehren, verzeihen Sie! Und doch, wenn Sie gestatten, dann möchten wir, bevor die Online-Abstimmung beginnt und die Fernsehzuschauer über die Höhe der Strafe entscheiden, noch auf den Zynismus hinweisen, mit dem diese Provokation vorgenommen wurde. Ich denke, niemand geht davon aus, dass diese Tat zufällig begangen worden ist. Indem er diese Nachricht publiziert hat, wollte sich der Autor nicht nur über Gläubige mokieren, was man ja noch verzeihen könnte, weil wir alle hier gute und kluge Menschen sind. Aber was das Gemeinste ist – der Autor wollte in den Herzen jener Menschen Leere säen, deren Glaube noch schwach verwurzelt ist. Dieser Schlag richtet sich nicht nur gegen Gläubige, sondern vor allem gegen unsere Jugend, gegen unsere Zukunft, die uns die Länder des Westens wegnehmen wollen. Nur wird dieser Trick mit uns nicht funktionieren, Euer Ehren! Wir sind es, die es diesen Missgeburten besorgen werden!«

»Einspruch! Niemandem werden Sie es hier, wie Sie sich ausdrücken, besorgen! Unsere Zuschauer werden ein eigenständiges Urteil fällen, ob dieses Verbrechen mit Tod durch Erhängen oder durch Erschießen bestraft werden soll! Ich als Mensch, der Gesetzestreue geschworen hat, werde nicht zulassen, dass Revanchisten sich der Justitia bemächtigen oder gar der öffentlichen Meinung!«

»Verzeihung, Genosse Staatsanwalt ...«

»Nichts da, ›Verzeihung‹! Ich lasse es nicht zu! Hören Sie? Ich lasse es nicht zu! Ich habe Ihnen jetzt aufmerksam zugehört und mehrmals aus Ihrem Mund die Worte ›Verzeihung‹, ›Vergebung‹, ›verzeihen‹ gehört, während unser Gericht doch berühmt ist für seine Präzision, Objektivität und Unbeirrbarkeit! Und ich dulde hier keine Subversion und keine Akzentverschiebung! Ich sehe, wie Sie eine harte Bestrafung verlangen, doch gleichzeitig tolerieren Sie diese nichtsnutzigen Wörtchen von Vergebung, Verständnis und – man schämt sich, es auszusprechen – Liebe! Das hier ist ein Gericht, keine Seifenoper! Ich warne Sie: Achten Sie auf Ihre Sprache! Und noch etwas. Ich denke, die Schuld des Täters ist bewiesen. Hier kann es keine zweite Meinung geben, damit ist alles klar. Mehr noch, ich plädiere dafür, die erschwerenden Umstände nicht zu vergessen – der Autor hat diesen Post für alle zugänglich geschaltet und somit sein Teilen ermöglicht, womit er andere Menschen zur Verbreitung von Leere verleitet hat ... Aber das nur am Rande. Interessant ist vielmehr etwas anderes! Wo verläuft die Grenze zwischen dem Verbrechen des Urhebers und jenem der Menschen, die diese Scheußlichkeit geteilt haben? Ich persönlich bin fest davon überzeugt, dass jeder, der diese Nachricht geteilt hat, automatisch zu ihrem Urheber wird. Mehr noch, da nicht der Text als solcher vervielfältigt wurde, sondern die Leere, hat jeder, der auf ›Teilen‹ geklickt hat, nicht nur das Begonnene weitergeführt, sondern etwas Neues erschaffen. Hier liegt ein Verbrechen vor, das von einer ganzen Personengruppe verübt worden ist. An dieser Stelle will ich jenen Fernsehzuschauern, die unsere Sendung nicht so oft sehen, erklären, dass ein Verbrechen, das von einer Personengruppe verübt worden ist, als schwerwiegendere Gesetzesübertretung gilt als ein Verbrechen, das nur von einem Subjekt begangen wurde. Angesichts dessen bin ich der Meinung, dass alle zu bestrafen sind, die die Nachricht geteilt haben. Selbstverständlich ist zu beachten, dass auf den Subjekten, die dieses Verbrechen begangen haben, Verantwortung unterschiedlichen Grades lastet. Daher schlage ich vor, den Autor der leeren Nachricht zu zwei Höchststrafen zu verurteilen, und alle, die gelikt und geteilt haben, zu einer.«

»An sich ist mir Ihre Sicht der Dinge sympathisch, werter Herr Staatsanwalt, zumal wir noch vier Minuten live auf Sendung sind, aber als Richter irritiert mich eines: Sie schlagen vor, jeden, der auf den Like-Button geklickt hat, zur Verantwortung zu ziehen …«

»Jeden, Euer Ehren!«

»Unterbrechen Sie mich nicht! Aber was ist mit denen, die diesen Post, sagen wir, unabsichtlich gelikt haben?«

»Unabsichtlich gibt es nicht, Euer Ehren! Selbst wenn man annimmt, dass einer unter den zweihunderttausend Verdächtigen den Post unabsichtlich gelikt hat, dann hatte dieser Bürger immer noch ausreichend Zeit, sein Like zurückzunehmen. Außerdem liegt mir ein USB-Stick mit Informationen zu zweihunderttausend Nutzern vor, die alle die Buttons ›Like‹ und ›Teilen‹ gedrückt und danach absolut nichts unternommen haben, um daran noch etwas zu ändern.«

»Gab es Personen, die ihre Likes gelöscht haben?«

»Ja, Euer Ehren, ungefähr zwanzig.«

»War auf diese Druck ausgeübt worden?«

»Verzeihen Sie mein Lächeln, Euer Ehren, aber Sie wissen ja selbst nur zu gut, dass Druck in unserem Land verboten ist! Ich habe, um ehrlich zu sein, schon lange keine so kühne Dummheit mehr gehört.«

»Achten Sie auf Ihre Ausdrucksweise – ich bin nicht verpflichtet, Sie in der nächsten Saison wieder zu engagieren.«

»Entschuldigen Sie vielmals, Euer Ehren, ich bin einfach etwas verwundert über Ihre Frage. Selbstverständlich haben diese Menschen aus freien Stücken gehandelt, nachdem ihnen bewusst geworden war, dass ihr Teilen dieser Nachricht religiöse Gefühle verletzen könnte.«

»Sind diese Leute zur Verantwortung gezogen worden?«

»In keinster Weise, Euer Ehren.«

»Gut, mir wird souffliert, dass wir nun zu einer Werbeeinschaltung übergehen und angesichts der gerade erst bekannt gewordenen Umstände noch mindestens eine Stunde auf Sendung sein werden. Unsere Fernsehzuschauer erinnere ich daran, dass bereits jetzt die Abstimmung beginnt, im Rahmen derer jeder von Ihnen die geeignete Vorbeugungsmaßnahme gegen den Urheber der leeren Nachricht auswählen kann. Ebenso weise ich darauf hin, dass alle Schuldsprüche kostenlos sind; wenn Sie einen Freispruch möchten, dann finden Sie die Höhe der Gebühr für ein solches Urteil in der Tariftabelle Ihres Anbieters. Bleiben Sie dran!«

PAUSE

Es spricht der Interpret.

Noch auf dem Bahnsteig erfahren wir, dass der See über die Ufer getreten ist. Die kleinen Bootsstege liegen unter Wasser. Auf den Wellen treiben Katamarane. Die Uferpromenade ist überschwemmt. Das Auto, das uns abholen soll, ist irgendwo stecken geblieben. Mit einem Blick auf unsere Schuhe rät uns ein Angestellter der Seilbahn, die den höher gelegenen Bahnhof mit dem See verbindet, per Taxi in die Stadt zu fahren. Ich bin dagegen, weil ich mich erinnere, dass es vom Bahnhof zum Hotel nicht weit ist, doch Fedja sagt »*sì*«. Die Fahrt dauert eineinhalb Minuten. Der Taxifahrer lächelt. Zentner blättert dreißig Franken hin.

Diesmal hat man mir ein großes Hotelzimmer gegeben. Mit Blick auf den See und die Berge. Vor mir liegt die schönste und traurigste Landschaft, die ich je gesehen habe.

In meinem Kopf klingt *Der Schwan* von Saint-Saëns. Den spiele ich meistens als Zugabe. Immer, nur nicht an jenem Abend – an jenem Abend bin ich von der Bühne gerannt.

Zentner schickt eine Nachricht: Warte in der Lobby. Ich stelle das Cello auf die Zarge und gehe hinunter. Hinaus auf die Straße. Nur für eine Minute. Im über die Ufer getretenen Luganer See versinkt alles. Ich muss jetzt allein sein. Letzter Durchlauf. Das mache ich immer so, vor jedem Auftritt. Das gesamte Programm, vom Anfang bis zum Schluss. Unbedingt ohne Instrument. Der rechte Arm ersetzt mir das Griffbrett: Ich lege die Hand auf die Schulter und lasse die Finger der linken Hand vom Ellbogen bis zu den Fingerknöcheln tanzen. Das Cello nehme ich erst vor dem Betreten der Bühne zur Hand. Für das heutige Konzert besteht übrigens kein Grund zur Sorge. Solche Erschütterungen werden nicht wieder vorkommen. Heute Abend werde ich glänzen.

PAUSE

Sie haben sich entschieden, die Reise nach Russland mit Humor zu nehmen. Alle außer Alexander. Sascha ist zornig. Die nächsten Tage verbringt er damit, den Präsidenten seines Klubs zu beknien, ihn nicht zu verkaufen.

»Machst du Witze? So viel kriegen wir für keinen anderen Spieler! Dieser Transfer geht in die Klubgeschichte ein! Endlich können wir das Stadion renovieren!«

»Ist Ihnen klar, dass Sie mich meinem eigenen Vater verkaufen?«

»Wie denn nicht, wer sonst würde für dich eine solche Summe lockermachen?«

»Sie lassen zu, dass ich zur Lachnummer werde!«

»Aber wieso denn? Sieh es mal von der anderen Seite: Du wirst in der obersten Liga spielen, dein Vater besorgt dir da bestimmt einen Platz! Und schneller, als du schauen kannst, spielst du in der Nationalelf!«

»Ich scheiß auf Russland. Ich will für Frankreich spielen!«

»Höchstens Pétanque, mein Lieber!«

Wegen Papas (einigermaßen überraschenden) Verbots, den Jet zu benutzen, fliegen sie First Class. Pawel schlägt vor, alle Tickets aufzukaufen. Lisa gefällt diese Idee äußerst gut – Lisa liebt es, alles zu kaufen. Das Flugzeug ist nur zur Hälfte besetzt, und trotzdem irritiert sie die Anwesenheit fremder Menschen, vor allem von Russen. Alexander sucht in der *L'Equipe* Nachrichten über seinen Transfer, Mama bringt den Stewardessen Manieren bei.

Während der Landung fällt Mama plötzlich der Kleine ein. »Wo ist Tolik?« – »Er ist hier, keine Sorge«, sagt die Nanny.

Sie landen weich. Nach der Passkontrolle taxieren sie die Grenzbeamten.

»Hast du den gesehen, Sascha?«

»Bei denen hat wohl die Evolutionsgeschichte eine Pause gemacht.«

»Ob sie diesen Miesepetern extra verbieten zu lächeln?«

»Dafür kannst du sicher sein, dass du in Russland bist. Du siehst diese Schnauzen und weißt sofort – willkommen in der Großmacht!«

Journalisten sind viele da. Mit Blick in eine der Kameras verkündet Mama lächelnd, die Slawins besäßen keine Immobilien im Ausland. Die Familie sei auf Urlaub gewesen, habe den Sohn besucht, der übrigens in der französischen Liga gespielt habe, aber bereits heute, wie Sie wissen, in den Klub der Hauptstadt wechsle.

Die Fahrt zum neuen Haus dauert nur eine halbe Stunde. Blaulichter sind etwas Praktisches. Lisa begutachtet den Zierbrunnen und fragt nach den Nachbarn. Die Nachbarn sind dieselben wie vorher. »Na, so was! Alles genau wie in Frankreich!«

Sie schlafen schlecht. Mama schreibt an den Weinhändler Monsieur Guillaume, Alexander an Sébastien. Frankreich schweigt. Morgens um fünf landet ein Hubschrauber vor dem Haus. Die Kinder laufen hinaus, um das Familienoberhaupt zu begrüßen, doch nach einem »nächtlichen Meeting« kann der liebe Papa nicht sprechen – er wird getragen.

Sie frühstücken schweigend. Alle außer Alexander hören dem immer noch alkoholisierten Vater zu:

»Ich verspreche euch, das wird nicht lang dauern. Inzwischen bitte ich euch, euch regelmäßig in der Öffentlichkeit zu zeigen. Geht ins Kino, geht essen, besucht Schönheitssalons. Gebt Geld aus. Wichtig ist mir jetzt, dass man in Moskau von euch spricht. Die Kinder werden zur Schule gehen, und du, Alexander, wirst spielen, das verspreche ich dir.«

»Was die Kinder betrifft, ist ja alles klar, aber was soll ich hier machen?«, wirft Mama genervt ein.

»Die Heimat lieben, Bitch!«, antwortet der Vater mit bissigem Lächeln und schnippt ihr eine Brotkrume ins Gesicht.

PAUSE

»Während der Werbepause sind die Drähte heiß gelaufen, daher überbringe ich sofort die frohe Botschaft – das Urteil ist vollstreckt! Der Autor ist bereits hingerichtet! Eine Aufzeichnung der Erschießung wird schon in wenigen Sekunden auf der Website unseres TV-Senders zu sehen sein. Ich möchte Sie auch daran erinnern, dass alle, denen gute Qualität wichtig ist, die Vollversion der Urteilsvollstreckung auf dem TV-Sender *Execution-HD* genießen können. Außerdem können Sie mithilfe Ihrer Sozialpunkte Ihren Bildschirm teilen, sodass Sie die Erschießung sehen und weiter live unseren Prozess mitverfolgen können. Wir sind gut unterwegs! In diesem Moment werden landesweit Festnahmen vorgenommen. Alle Bürger und Bürgerinnen, die den leeren Post gelikt und geteilt haben, werden in Kürze vor Gericht gestellt. Soweit ich weiß, sind bis zu dieser Minute bereits hundertzwölftausend Personen verhaftet worden. Die Zahl wächst stetig, und ich wage zu behaupten, dass wir schon in einer Stunde freudig feststellen werden, dass ausnahmslos jede dieser Ratten, die die Nachricht geteilt haben, dingfest gemacht worden ist. Inzwischen erteile ich das Wort dem Anwalt, der die Interessen der beschuldigten Personengruppe vertritt.«

»Ich habe dazu nichts zu sagen, Euer Ehren. Ich würde nun als Staatsanwalt weitermachen.«

»Verstehe. Nur zu!«

»Danke, Euer Ehren! Nun denn, wir haben es hier mit einem Verbrechen zu tun, das eine Gruppe von Personen nach vorheriger Absprache verübt hat. Das Verbrechen ist gemein, zynisch und außerordentlich perfide. Wir haben es hier unzweifelhaft mit einer fixen Anzahl von Personen zu tun, die sich zur Begehung des vorliegenden Verbrechens im Vorfeld zusammengeschlossen hat ...«

»Einspruch!«

»Der Anwalt kann natürlich Einspruch erheben, doch in diesem Fall frage ich ihn: Welche zwei Faktoren charakterisieren eine organisierte Gruppe?«

»Eine vorherige Absprache und ihre sogenannte Stabilität.«

»Was charakterisiert Stabilität?«

»Stabilität als Merkmal einer organisierten Gruppe umfasst den Aufbau enger Verbindungen zwischen den Mitgliedern sowie eine mehrmalige Kontaktaufnahme zur Konkretisierung und Planung künftiger Aktionen. Zwischen den Mitgliedern bahnen sich zum Zweck der Kooperation besonders geartete Beziehungen an.«

»Ausgezeichnet. Sind die Verdächtigen in sozialen Netzwerken befreundet?«

»Viele schon.«

»Können wir sagen, dass soziale Netzwerke besonders geartete Beziehungen darstellen?«

»Durchaus ...«

»Würden Sie, lieber Herr Anwalt, bestreiten, dass eine organisierte Gruppe über eine große gesellschaftliche Verantwortung verfügt?«

»Nein, würde ich nicht.«

»Wunderbar! Dann fahren wir jetzt Punkt für Punkt fort. Ich denke, es ist Ihnen ausreichend bekannt, dass die Stabilität einer Gruppe sich in einer Reihe von Merkmalen manifestiert. Ich will unser Fernsehpublikum nicht langweilen und zähle daher nur einige wenige auf. Ein Merkmal einer organisierten Gruppe ist zum Beispiel die Dauer ihres Bestehens. Wie lange gibt es soziale Netzwerke schon?«

»Jahrzehnte ...«

»Ein weiteres Merkmal ist das Vorhandensein eines Anführers ... Gab es einen Menschen, der das soziale Netzwerk erfunden und gelenkt hat?«

»Ja ...«

»Wunderbar. Gehen wir weiter. Das nächste Merkmal ist die Einheitlichkeit der bei der kriminellen Betätigung angewandten Methoden. Verstehe ich richtig, dass alle Verdächtigen einen Post geteilt haben?«

»Richtig ...«

»Sehr gut! Und noch ein Punkt – die technische Ausrüstung der Gruppe. Irre ich, wenn ich sage, dass jedes Gruppenmitglied ein Gerät besaß, mit dem es die leere Nachricht teilen konnte?«

»Sie irren nicht ...«

»Ich weiß nicht, ob es weiterer Ausführungen bedarf, lieber Herr Anwalt, aber im Hinblick auf meine Verantwortung unseren Fernsehzuschauern gegenüber möchte ich Ihnen jetzt eine letzte, zusammenfassende Frage stellen. Können Sie uns die Beweismittel aufzählen?«

»Die bestätigen, dass die Beschuldigten als Gruppe agierten?«

»Genau das! Stellen Sie sich nicht dumm, Herr Anwalt!«

»Derer gibt es viele. Eine lange Bekanntheit untereinander, verwandtschaftliche Beziehungen, die Einheitlichkeit aufgrund nationaler Kriterien ...«

»Ja, genau! Sind die Verdächtigen Bürger unseres Imperiums?«

»Jawohl ...«

»Danke!«

»So, Freunde, das genügt! Für mich als Richter ist die Schuld der Verdächtigen vollkommen offensichtlich. Allerdings sind nun die Geschworenen und die Fernsehzuschauer gefragt. Sie erinnern sich: Wenn Sie der Meinung sind, dass alle zweihunderttausend Übeltäter bestraft werden sollen, brauchen Sie nichts zu tun. Wie auch in anderen Fällen wird – gemäß der Tradition, die sich in unserem Land etabliert hat – Ihre Untätigkeit als Übereinstimmung mit dem Gericht gewertet. Wenn Sie aber finden, die zweihunderttausend Dreckskerle sollen gerettet werden, dann senden Sie uns eine Nachricht zu. Wie Ihnen bekannt ist, sind in einer solchen Nachricht die Initialen des Absenders anzugeben, das Geburtsjahr, die Passnummer, die tatsächliche Wohnadresse sowie die Kleidergröße ... So, jetzt ist auch schon wieder Zeit für die nächste Werbepause – bleiben Sie dran!«

PAUSE

Eine wichtige Episode des Hauptsatzes, in dem sich allmählich einiges aufklärt.

Heute Abend werde ich das beste Konzert meines Lebens geben. Werde zurückhaltend, konsequent, fast unsichtbar sein. Es ist wichtig, sich nicht selbst ins Zentrum zu stellen, sondern die Stimme des Komponisten erklingen zu lassen. Ich werde warten, bis es still ist im Saal, und fange an:

Vor meinem letzten Konzert hat mich Lew angerufen, mein großer Bruder. Ich habe mich ein wenig gewundert, weil wir uns nie besonders nahegestanden haben. Wissen Sie, zehn Jahre sind ein ungünstiger Altersunterschied. Zwischen Brüdern sollte er eigentlich viel kleiner sein. Die einzige Ähnlichkeit zwischen uns ist die Stimme.

Die letzten Jahre hatte Lew nicht mehr bei uns gewohnt. Einmal im Jahr kam er zu Mamas Geburtstag, und solange wir es brauchten, hat er uns einmal im Monat Geld überwiesen. Ich habe oft Konzerte in Moskau gespielt, aber mein Bruder kam nie. Nur einmal, eine Woche vor seinem Anruf, ist er bei einem meiner Auftritte erschienen, hat aber mitten im zweiten Teil den Saal verlassen. Wenn ich ehrlich bin, dachte ich, sein Anruf hätte damit zu tun. Ich dachte, mein Bruder wollte sich entschuldigen, aber nein, das war es gar nicht …

Er rief an einem Samstag an. Ich war schon hier in Lugano, bereitete mich auf das Sonntagskonzert vor.

– Bist du in der Schweiz? –, fragte Lew.
– Ja –, sagte ich.
– In Lugano?
– Ja. Warum rufst du an? Ist was mit Mama?
– Nein, nein! Mama geht's gut, keine Sorge! Aber dass du in Lugano bist, das trifft sich sehr gut. Nimm dir für morgen nichts vor. Ich komme. Wir müssen reden.
– Vielleicht lieber übermorgen?
– Nein, übermorgen bin ich nicht mehr da …
– Wo da, Lew?
– Einfach nicht mehr da!

Ich verstand nichts, war aber hellhörig geworden. Wissen Sie, am meisten irritierte mich gar nicht mal der Anruf, auch nicht dieses seltsame »Übermorgen bin ich nicht mehr da«, sondern die Intonation, die Klangfarbe, in der mein Bruder sprach. Lew war immer laut und lustig gewesen, bis zu einem gewissen Grad sogar unverschämt, er hätte mich niemals in einem so leisen, zahmen Ton, *ostinato piano,* um ein Treffen gebeten …

Am nächsten Tag flog Lew wirklich zu mir. Er

sah verstört aus. Na ja, vielleicht nicht verstört, aber jedenfalls machte ihm irgendetwas zu schaffen. Zugegeben, ich starrte ihn an wie gebannt. Die ganze Situation hatte mich natürlich neugierig gemacht. Stellen Sie sich doch mal vor: Mein Bruder spricht seit Jahren nicht sonderlich mit mir, und auf einmal fliegt er zu mir in die Schweiz.

– Wo brennt's denn, Lew?

Mein Bruder lächelte. Traurig. Lächelte nicht mir zu, sondern eher sich selbst. Während die Getränke serviert wurden, schwiegen wir. Dann hob ich mein Glas, doch Lew wollte nicht anstoßen.

– Na schön, kommen wir zur Sache –, begann er ruhig. – Morgen früh bin ich schon nicht mehr da. Ich werde dir jetzt alles erzählen, und dann gehen wir jeder auf sein Zimmer, okay?

– Was heißt nicht mehr da?

– Nicht mehr da heißt nicht mehr da. Schrei nicht so, bitte!

– Lew, wovon redest du?

– Ich bitte dich, sei mal still. Und ich warne dich jetzt schon, morgen wird es nicht leicht sein. Vor allem für dich nicht. Du bist ja unser Sensibelchen.

– Lew, kannst du mir bitte erklären, was los ist?

– Wenn du aufhörst, mich zu unterbrechen, dann ja. Aber lass uns mal trinken …

– Und worauf?

– Darauf, dass wir uns kennen, Bruder!

Wir tranken. Lew griff zu seinem Handy, wählte eine Nummer und sagte, er sei in ein paar Stunden fertig. Die weibliche Stimme am anderen Ende klang fröhlich. Ein gutes Zeichen, dachte ich, das wird schon noch ...

– Weißt du –, fuhr Lew fort, – ich habe mich lange nicht entscheiden können, wann meine Geschichte eigentlich beginnt. Mit meiner Geburt? Mit dem Schuleintritt? Mit dem Umzug in die Hauptstadt? Wie heißt das bei euch in der Musik? Ouvertüre? Präludium? Auftakt?

– Lew, spann mich nicht auf die Folter!

– Gut, gut ... Jedenfalls bin ich mittlerweile zum Schluss gekommen, dass es 1998 begonnen hat ... Ja, es war 1998 ...

Und Lew begann zu erzählen:

– Das Jahr läuft ganz normal, das Jahr läuft wie immer – Diplomaten unterzeichnen sinnlose Abkommen, Fußballer schießen entscheidende Tore. Männer betrügen ihre Frauen, der rote Kaviar wird billiger. Wie in jedem anderen Jahr auch stürzen Air-France-Flugzeuge ab und werden Pilger in Mekka zertrampelt. Ich bin dreizehn, du bist drei. Wir leben sorglos dahin, doch eines schönen Tages bricht ein Hurrikan über das Land herein, und gleich hinterher der Bankrott.

Woran ich mich erinnere: Ich komme in die Küche – da sitzen Oma und Mama und weinen. »Was ist passiert«, frage ich – null Reaktion. Oma wischt Mama die Tränen ab und umgekehrt. Sie weinen, schluchzen, schniefen. Schließlich nimmt Mama sich zusammen und sagt irgendetwas in der Art, dass wir in Zukunft sehr sparsam sein müssen. So.

Ich verstehe nur Bahnhof. Tränen, sparen, was soll das alles? Aus Papas Büro hört man ein wiederholtes Rumsen. Komisch, denke ich, Papa sollte doch bei der Arbeit sein. Ich gehe zu ihm hinein – da sitzt der Vater, die Füße auf den Tisch gelegt, und prellt einen Basketball gegen die Wand. Regelmäßig, monoton. »Papa«, sage ich, »was ist passiert?« – »Raus hier«, antwortet er.

Ende August zeigt sich, wie ernst die Lage ist. Mama und ich gehen für mich einen Anzug kaufen. Statt in einer teuren Boutique finde ich mich auf dem Apraschka-Markt wieder. Eine Müllhalde, auf der die armen Schlucker aus meiner Klasse shoppen. Ich sage: »Mama, was machen wir hier?« – »Wir suchen ein paar Sachen für dich, Schatz!« – »Aber Mama, hier gibt's doch nur Mist!«

Ich verstehe nichts. Ich bin sauer, trete absichtlich in Pfützen. Eineinhalb Stunden gehen wir im Kreis, und die ganze Zeit hält Mama mir irgendeinen Trash unter die Nase: hässliche Schuhe, unförmige Sakkos. »Ich hab dir doch gesagt, wir müssen jetzt sparen, wo es geht.«

Wir haben schon 1993 unseren Urlaub im Ausland verbracht, ich habe einen Haufen Markenkleidung und einen Berg Spielsachen. Einmal nach dem Training kam der Trainer auf mich zu und sagte: »Schluss mit Bälle-Einsammeln, dein Vater ist da – in seinem neuen Mercedes!« Verstehst du? 1993, das ganze Land fragt sich, wie es wenigstens zweimal täglich was auf den Teller kriegt, und Papa kauft sich einen neuen deutschen Wagen. Ich glaube, ich kann mich immer noch an den Geruch dieses Autos erinnern.

Wir haben eine neue Wohnung, importierte Lebensmittel. Vaters Geschäfte sind, soweit ich das mitbekomme, ständig am Wachsen. Und auf einmal: Lew, mein Lieber, wir können uns das jetzt nicht mehr leisten …

Ich werde nicht mehr vom Chauffeur zur Schule gefahren, Mamas Pausenbrote werden von Tag zu Tag bescheidener. Ich bekomme kein Taschengeld mehr, kriege nicht, worum ich bitte, aber das Schlimmste ist: Ich wachse schnell.

Jeden Abend laufen im Fernsehen brasilianische Serien. Meine Mitschüler sind überzeugt, dass ich in einem Haus mit Wendeltreppe wohne. Sie stellen sich einen Pool vor, ein Dienstmädchenzimmer und sonstigen Blödsinn. Ich muss ihrem Bild entsprechen, aber ich kann nicht. Dass meine Mama jetzt als Nachhilfelehrerin jobbt, verschweige ich lieber.

Einmal im Quartal wird die Schule auf Papas Rechnung renoviert. Vater bezahlt die Gehaltserhöhungen der Lehrer, organisiert Weihnachtsfeiern, verteilt Geschenke. Als Papa 1998 aus bekannten Gründen abtaucht, versucht der Direktor lange, ihn zu kontaktieren. Ruft immer wieder an, lässt mich Einladungen überbringen. Papa lässt sich lange verleugnen, aber plötzlich gräbt er vor meinen Augen sein Diplom aus und schneit am nächsten Morgen in der Schule rein.

»Nikolaj Alexandrowitsch, was für eine Freude, Sie zu sehen! Natürlich verstehen wir alles – immer viel zu tun! Sie waren so beschäftigt, aber jetzt sind Sie endlich da, Gott sei Dank! Wir müssen ja das Budget planen, die Lehrer warten! Machen wir gleich eine Besprechung?« – »Es gibt kein Budget ...« – »Was heißt, es gibt kein Budget, Nikolaj Alexandrowitsch?« – »So ist es ... Ich habe kein Geld mehr. Ich stecke bis über beide Ohren in Schulden. Hier, mein Diplom. Ich bin da, weil ich Arbeit suche.«

Zu unserer Verwunderung ist der Direktor ein anständiger Mensch. Schon eine Woche später ruft er von sich aus an. Du kannst dir gar nicht vorstellen, was für eine Schmach mir bevorsteht ...

Bis zur siebten Klasse bin ich der Junge, der im Auto zur Schule gebracht wird. Im November 98 wird Papa an dieser Schule Physiklehrer. Papas Plan ist einfach – er will seinen Gläubigern zeigen, dass er sein Möglichstes tut, und nebenbei an meiner Erziehung arbeiten. In einem Aufwasch. Er glaubt, indem er mich aus dem Boot wirft, bringt er mir Schwimmen bei.

Wahnsinn, wie schnell die Welt sich verändern kann. Von mir bleibt nichts übrig. Ich bin nicht mehr der Schönste und der Stärkste in der ganzen Schule. Gleich am ersten Tag zerrt mich der Mitschüler, den ich immer verarscht habe, nach vorn an die Tafel, verdreht mir den Arm und lässt mich nicht los, bevor ich zehnmal wiederholt habe, dass meine Mama eine blöde Fotze ist. Allein in der ersten Woche nach Papas Anstellung steckt mein Kopf zweimal in der Kloschüssel. Ich meine das nicht bildhaft, sondern sage, wie es war. Mein Kopf in der Kloschüssel. Warum, fragst du? Weil ich niemand mehr bin.

Es beginnt eine Jagd. Eine richtige Jagd. In jeder einzelnen Pause. Wo ist Smyslow? Wahrscheinlich versteckt er sich unter der Treppe ... Nee, da haben wir schon nachgesehen ... Dann ist er im Hof ...

Damals, 1998, verstehe ich zum ersten Mal, was mit einem Menschen passiert, auf den die Hunde losgelassen werden. Nicht in der Fantasie, sondern in echt. Ich werde zur Zielscheibe für Parodien und Karikaturen. Sie verschreiben mir Faustschläge, beschießen mich mit Kopfnüssen, verpassen mir Ohrfeigen und lassen mich nicht mehr abschreiben. Wenn das alles gewesen wäre ...

In unserer Klasse sind dreizehn Jungs. Im Sportunterricht spielen wir immer Fußball. Sieben gegen sechs. 1998 finden plötzlich alle, dass das unfair sei. Und Fairplay muss sein – also sechs gegen sechs. Mich lassen sie links liegen. Ich sitze auf der Bank, sehe zu, wie die Jungs dem Ball nachrennen, und tue so, als hörte ich nichts, als mich der Sportlehrer fragt, ob ich nicht mit den Mädchen Pionierball spielen möchte. Scheißwichser ...

Schließlich gehe ich nicht mehr zur Schule. Jeden Morgen steige ich in irgendeinen Bus und fahre bis zur Endstation. Und wieder zurück. Und noch einmal. Vater weiß Bescheid, sagt aber Mama nichts. Aus der Schule ruft ja niemand mehr an – wen interessiert schon, wie es dem Sohn des Physiklehrers geht? Erst nach ein paar Wochen kommt Vater in unser Zimmer und versucht, alles zu erklären. Es muss sein, Lew, es muss jetzt so sein. Du wirst noch ein gutes Leben haben ...

Ein gutes Leben ... Ich hatte damals schon lange verstanden, was ein gutes Leben ist. Ein gutes Leben, Kleiner, das ist, wenn du die Garderobe betrittst (die in deiner Wohnung ein eigener Raum ist), in die Hosentaschen deines Vaters greifst und dort hundert Dollar findest. Das nenn ich ein gutes Leben! Überall, wohin du auch blickst, liegt Geld herum. Das nenn ich ein gutes Leben! Und plötzlich bricht alles in sich zusammen. Ich kann mich erinnern, wie Vater auf dem Schlafzimmerboden saß und seine Sachen durchwühlte. Alle, absolut alles ... Hemden, Sakkos, Pullis. Alles, was Taschen hatte. Die Geldscheine, die er fand, legte er sorgfältig aufs Bett. Als Papa in sein Arbeitszimmer ging, wiederholte ich diesen Trick.

Wie du dir denken kannst, ist kein Geld mehr da für neue Kleidung. Ich ziehe Vaters Sachen an. Eines schönen Tages bemerkt er das. Vielleicht hat er es auch früher schon bemerkt, aber nichts gesagt. Papa schimpft auch da nicht mit mir. Nein. Stattdessen geht er in dem Pulli zur Schule, den ich einen Tag vorher getragen habe. Das ist Teil seines Plans. Keine Strategie, nur Taktik. Was das für mich bedeutet? Ach, ihm ist das egal! Er glaubt, er habe zu wenig Zeit für meine Umerziehung. Vater denkt, ich brauche keine Liebe, sondern Strenge. Er ist der Meinung, dass Zärtlichkeit abstumpft. Als wir noch Geld hatten, hat er mich oft geküsst. Sobald wir keins mehr hatten, hat er damit aufgehört. Vater skizziert etwas an der Tafel, und die Jungs flüstern hinter meinem Rücken: Und die Unterhosen nimmst du von der Mama, hm, Smyslow?

Vater muss gleich mehrere Kredite abstottern. Er verkauft seine Juwelierläden, dann die Wertsachen der Familie. Es hilft nichts. Die Schulden sind zu hoch. Dann ist unsere Wohnung dran ...

Tschüss, Sankt Petersburger Zentrum, tschüss, Bolschaja Morskaja und Newski-Prospekt, tschüss, Vergnügungsboote und Denkmäler, neues Land – wir kommen: Rajon Kuptschino.

Neubauten, Brachflächen, ungepflegte Wiesen voller Müll. Nie werde ich den an einen Baum genagelten Stuhl ohne Sitzfläche vergessen – die hiesige Interpretation eines Basketballkorbs. Ich glaube, so hat sich Huysmans die Hölle vorgestellt. An einem der ersten Abende verteilt Vater seine beschissenen Bücher in der neuen Wohnung. Während er die Wörterbücher drapiert, die er anscheinend nicht verkauft hat, nehme ich einen schwarzweißen Band von Otto Dix zur Hand. Da sind sie schon, unsere neuen Nachbarn, denke ich.

Ich habe Angst, zur neuen Schule zu gehen. Die

Hauptattraktion dort ist es, mir den Rucksack auf dem Rücken anzuzünden. Ich fürchte mich davor, zum Laden zu gehen, vor dem mich immer die Junkies abfangen. Einmal kehre ich sogar barfuß nach Hause zurück.

Im Hauseingang nebenan verticken Zigeuner unter der Schirmherrschaft des Revierinspektors Heroin. Direkt aus dem Fenster ihrer Erdgeschosswohnung. Am Fensterrahmen ist ein Rückspiegel montiert. Ist der Spiegel nach innen gedreht, gibt es keine Ware, zeigt er zum Hof, bildet sich vor dem Fenster eine Schlange, manchmal ein Dutzend Leute. Ich weiß nicht, ob du dich daran erinnern kannst, aber ihren Flug in andere Sphären starten die Junkies gern in unserem Hauseingang. Mama hat zuerst wahnsinnig Schiss, doch dann gewöhnt sie sich daran und bahnt sich seelenruhig mit dir auf dem Arm ihren Weg zwischen den Fixern durch.

Jeden Tag brechen in den Hinterhöfen Streitigkeiten aus. Jeden Sonntag werden ganze Stadtviertel und Schulen zerlegt. Zwischen den Plattenbauten kursieren permanent kleine Grüppchen auf der Suche nach Nervenkitzel. Alle prügeln sich mit allen. Punks gegen Skinheads, Anarchisten gegen Rollschuhfahrer, Skater gegen Punks. Jungs gegen Jungs, Jungs gegen Mädchen, Mädchen gegen Mädchen. Zum Schutz vor Überfällen, die jeden Moment passieren können, denke ich mir sogar eine recht simple Tarnung aus. Jedes Mal, wenn mich so ein Vorstadtochse anglotzt, fange ich an zu gähnen. Reiße den Mund weit auf. Schließe die Augen und zeige die Eckzähne. Das sieht so aus, als hätte ich vor niemandem Angst, aber eigentlich maskiere ich meine tierische Furcht. Ich gähne jeden Entgegenkommenden an, hundertmal am Tag. Dieser Trick rettet mich ein paar Wochen lang, aber irgendwann stöbern mich die Aborigines trotzdem auf.

»Na, Alter, was reißt du deine Fresse so auf? Schnauze zu, hat dir das niemand beigebracht?«

Ich schaffe es gerade noch, den Kopf einzuziehen. Der erste Schlag trifft mich am Arm, der zweite im Gesicht. Ich spucke meine Zähne auf den Asphalt. Das hat übrigens auch seine positive Seite: König Heinrich IV. von Navarra hat endlich seinen Taufakt vollzogen. Er muss nur noch seine Margot finden.

PAUSE

Anton hat ein Kapitel der neuen Erzählung fertig und geht, immer noch aufgewühlt, ins Good Times – sein Lieblingslokal, in dem sich seine Freunde fast jeden Abend treffen.

Die Freunde gratulieren artig zur Geburt der Tochter, dann beginnen die üblichen Gespräche:

»Ich habe deinen letzten Beitrag über Slawin gelesen.«

»Und was denkst du?«

»Du solltest vorsichtiger sein. Wer weiß, auf welche Ideen er kommt.«

»Ach, lass gut sein! Wer interessiert sich denn schon für mich?«

»Es geht nicht darum, ob sich jemand für dich interessiert, sondern darum, dass Leute wie Slawin ihre Straffreiheit und ihre Macht spüren. Er weiß, dass er im Grunde alles mit dir machen kann, ohne dafür belangt zu werden.«

»Ach komm, Mitja, hör auf mit dem Blödsinn.«

»Das ist kein Blödsinn, Antoscha! Absolut kein Blödsinn! Weißt du, was mein Sohn kürzlich gesagt hat? Wir lungern so vor dem Fernseher herum, gucken Nachrichten, und plötzlich sagt er: ›Wieso will uns die Regierung dauernd mit irgendwelchen Fundamentalisten Angst einjagen? Wenn es irgendeine Macht gibt, die wir alle fürchten müssen, dann sind das diese Kretinisten!‹ Und das mit vierzehn! Mit vierzehn Jahren, Anton, verstehst du?«

»Ich weiß, Mitja, ich bin ja auch sein Patenonkel.«

»Und er hat recht! Ständig versuchen sie, uns mit Bösewichten mit Granaten du weißt schon wo einzuschüchtern. Aber in Wahrheit sollten wir uns vor den Kretins in Acht nehmen, die den ganzen Raum um uns herum okkupieren. Während wir sie noch auslachen, haben sie schon die Macht ergriffen. Menschen, über die wir uns schieflachen, schreiben die Gesetze, nach denen wir leben müssen. Wir sitzen auf einer Zeitbombe, und sie steht kurz vor der Explosion, mein Lieber. Alle diese Hampelmännchen werden mit Vergnügen das Werk vollenden, das ihre Vorfahren 1917 begonnen haben. Sie werden uns vernichten!«

»Welch traurig Bild Sie malen, lieber Freund. Da gibt's nur einen Grund zur Freude: Sollte es passieren, so immerhin nicht heute. Und darauf sollten wir anstoßen. Einverstanden?«

»Natürlich, mein Bester.«

PAUSE

Finale des Hauptsatzes, in dem Mark Smyslow sich weiter an die Begegnung mit dem Bruder erinnert.

– Wie viel Zeit bleibt uns noch bis zu deinem Konzert? –, fragte der Bruder, während er Wein nachschenkte.

– Genügend, keine Sorge.

– Jedenfalls … Die Wohnung in Kuptschino habe ich gehasst. Man kann sich nicht aus dem Weg gehen. Dauernd laufe ich in jemanden hinein, höre permanent Stimmen. Oma, Mama, Papa, Opa. Oben brüllen die Nachbarn, unten und nebenan auch. Im Nachbarhaus übt ein Mädchen ein halbes Jahr lang ein und dieselbe bescheuerte Etüde. Nachts schnarcht Mama, du weinst, Opa röchelt. Schlafentzug ist eine der wirksamsten Foltermethoden. Ich habe das Gefühl, ich werde nie wieder ausschlafen können. Im Alter von vierzehn Jahren verstehe ich zum ersten Mal, wie wichtig Stille für den Menschen ist. Mein größter Wunsch ist es, taub zu werden. Mama sagt, das geht vorbei, mit der Zeit werde ich die Geräusche, die mich nichts angehen, herausfiltern. Es geht nicht vorbei. Im Gegenteil, wenn es einmal still ist, kann ich mein Glück nicht fassen und beginne, auf jedes noch so leise Rascheln zu horchen. Ich liege in unserem Zimmer, die Kopfhörer auf den Ohren, und höre eine wenig bekannte Sängerin flüstern:

> Nicht nur Freude
> gibt es, nein, auch Winter,
> Schnupfen, einfach Kummer.
> Doch am Sonntag
> wirst du sicher wieder lachen,
> weitermachen,
> noch dazu die Beste sein.
> Schlag sie tot, deine Launen,
> schlag sie möglichst alle tot ...

In der Nacht arbeitet Papa als Taxifahrer, ohne Schein. Jetzt haben wir nämlich wieder ein Auto! Nachdem er zwei Jeeps und zwei Wohnungen (nicht nur seine, auch die von Großvater) verkauft hat, hat Vater das Geld für einen klapprigen Lada zusammengekratzt. Ich glaube, er hat ihn nicht mal gekauft, sondern von einem Ziegelhaufen in irgendeinem Hinterhof geklaut. Einmal kommt Vater am Abend in unser Zimmer und fragt mich: »Willst du mitkommen?« Ich sage nichts, aber klar will ich.

Unsere nächtlichen Fahrten hätten gut in einen Roman von Gasdanow gepasst. Papa glaubt, dass uns das einander näherbringt. Er glaubt, er könne mich zurückgewinnen, aber ich leiste Widerstand. Ich schweige hartnäckig.

Jedes Mal, wenn eine Inomarka neben uns stehen bleibt, sehe ich ihren Besitzer neidisch an. Ich erinnere mich an die Zeit, als auch wir uns teure Importwägen leisten konnten. Sitzt eine Frau am Steuer, stelle ich mir vor, so eine irgendwann zu erobern. Ihr Aussehen ist mir völlig egal – in so einem Schlitten gibt es für mich keine hässlichen Visagen. Die Logik der Schönheit. Eine Frau in einem Mercedes ist für mich wie eine Prinzessin in einem Schloss, die ich eines Tages, koste es, was es wolle, befreien werde.

In jener Nacht hält Vater auf einem verschneiten Platz an. Während ich die Fensterscheibe hinunterlasse, legt ein gelbes Auto vor uns eine Vollbremsung hin. Zwei Männer springen heraus und zerren Papa aus dem Auto, bevor ich auch nur ein Wort sagen kann ... Sie prügeln mit Schlagstöcken auf ihn ein und lassen ihn dann im Schnee liegen.

Auf Wiedersehen, Gasdanow, gute Nacht, Remarque. Nichts Aufregendes – nur ein Streit um einen Fahrgast. Während die Taxifahrer Papa verprügeln, rühre ich mich nicht. Nicht, weil ich Angst hätte – zu zweit hätten wir es diesen Wichsern gezeigt. Aber ich bleibe sitzen, sehe einfach zu. Ich glaube, in diesem Moment bin ich ehrlich davon überzeugt, dass er das alles verdient hat.

Papa liegt mit dem Gesicht im Schnee. Die Jacke ist hochgerutscht, ich sehe seinen nackten Rücken. Aus dem blutigen Matsch steigt Dampf. Vater ist bei Bewusstsein, steht aber nicht auf. Ich höre, wie er schnauft, gehe aber immer noch nicht zu ihm. Das Ganze dauert nicht länger als zwei Minuten.

Ich steige erst aus dem Auto, als die Taxifahrer weg sind. Papa lächelt. Sein Gesicht ist schmutzig, an den Zähnen kleben Erde und Blut. Ich warte auf sein Gebrüll, doch auch diesmal will er mich erziehen. Er sagt, ich habe mich richtig verhalten. Er sagt, ich solle mich ans Steuer setzen – sie haben ihm beide Arme gebrochen.

Das ist also mein erstes Mal hinterm Lenkrad. Warnblinker, Schienen, Sadowaja-Straße. Ich bremse – der Motor stirbt ab. Papa lacht. Ich werde böse. Vater hat gesagt, man muss beim Schalten die Kupplung treten, aber dass man auch beim Bremsen auskuppeln muss, hat er mir nicht erklärt. Woher soll ich das wissen? Wir sind immer mit Automatik gefahren.

– Lew …
– Unterbrich mich nicht!

Zu Weihnachten bekomme ich Sneakers. Du kriegst meine alten Spielsachen, ich ein Paar Reebok. Sie sehen aus wie echt, aber ich weiß, dass sie gefälscht sind. Alle sehen mich an, erwarten, dass ich mich freue, aber ich bin stinksauer. Ich schleudere die Schuhe unter den Weihnachtsbaum (den Vater aus zwei kranken Tannen zusammengestückelt hat) und schließe mich in der Toilette ein. Ich weiß noch, wie Mama vor der Tür steht und flüstert: »Lew, Schatz, was ist denn los mit dir?«

Nach den Weihnachtsferien muss ich wieder an die neue Schule. Es ist eiskalt, und ich trage das Geschenk des ärmsten Weihnachtsmannes von ganz Osteuropa – weiße Sneakers mit drei paar Socken drunter. Ich hoffe, von den anderen beneidet zu werden. Denen kann man ja alles erzählen, glaube ich. Ihr habt doch keine Ahnung! Das sind echte Reebok, die neue Kollektion, eine Sonderserie! Deswegen sind da andere Buchstaben im Logo ...

Ich will cool sein ... Richtig cool ... Ich will alles zurück, was ich verloren habe. Ich komme gar nicht auf die Idee, dass an dieser Schule alle viel mehr von Fakes verstehen als ich ... Dein Bruder wird natürlich bloßgestellt und zur Verantwortung gezogen. Dafür, dass er blufft.

Ich brauche einen Plan B. Damals habe ich dieselbe Schuhgröße wie Mama. Mit einem blauen

Auge bitte ich sie um ihre alten weißen Blink-Sneakers. »Aber Lew, das sind Damenschuhe!« – »Nein, nein!«, versichere ich ...

Damenschuhe ... Meine neuen Mitschüler checken auch das. Wieder gescheitert. Seid so gut, sagt mir, wie ich aufhören kann, ein Opfer zu sein. Die Kids wissen genau, was sie mit mir anstellen müssen – viele haben Väter und Brüder im Knast. Ich mache mich gefasst auf die nächste Abreibung, aber dann rettet mich Vaters Verschwinden.

Beim Verlassen des Schulgebäudes kommen mir zwei Männer entgegen. Sie sagen, Papa habe sie gebeten, mich nach Hause zu bringen. Sie fahren einen Jeep. Ich bin happy! Ich glaube, Vater habe seine alten Freunde gebeten, mich heimzufahren. Meine Mitschüler, die mich den ganzen Tag gequält haben, reiben sich die Augen. Was für ein Triumph, das lasse ich mir gern gefallen! Natürlich habe ich nichts kapiert. Die Männer scheinen ganz normal, ich habe keine Angst vor ihnen. Sie bringen mich in irgendein Büro, setzen mich vor einen Computer und sagen: »Spiel!« Ich setze mich hin und komme natürlich nicht auf die Idee, dass ich mich schon über eine Stunde in Geiselhaft befinde. In der Zwischenzeit foltern diese Wichser meinen Vater.

Nach zwei Stunden schalten sie plötzlich den

Computer aus und schicken mich nach Hause. Zu Fuß. Ich maule die Entführer an: »Was soll die Kacke, wieso habt ihr mich überhaupt hierhergebracht?« Seltsam, dass sie mir nichts tun.

Papa lässt sich nichts anmerken. Er macht Abendessen, hört sein Lieblingskonzert von Elgar, spielt mit dir. Nur Taxi fährt er nicht, er sagt, ihm tue das Herz weh. Am Abend wünscht er allen gute Nacht, geht in sein Zimmer und ist nach ein paar Stunden tot.

Ich weiß nur mehr, dass Mama nicht weint, nicht schreit, keine Panik verbreitet. Sie schließt die Schlafzimmertür und kommt zu uns. Du willst, dass Papa dir ein Märchen vorliest, aber »Papa ist gerade gestorben«, sagt Mama und streichelt dir über den Kopf. Ich springe aus dem Bett, laufe ins elterliche Schlafzimmer, stoße die Tür auf, stürze zum Vater. In diesem Moment weiß ich noch nicht, dass die wenig bekannte Sängerin in ein paar Jahren singen wird: »Bitte stirb nicht, sonst muss auch ich ...«

Was das Begräbnis angeht, erinnere ich mich nur an eine Szene: Unser Nachbar Wladimir Slawin, den wir Onkel Wolodja nennen, raucht neben der Urne, und als er die Kippe wegwirft, scherzt er: »Bloß niemanden abfackeln! Wer weiß, von wem die Asche in dieser Urne da ist ...«

Oma tritt an mich heran. Sagt aus irgendeinem Grund, dass sich der Charakter eines Menschen an seinen Freunden zeige, und zum Begräbnis meines Vaters seien nur anständige Menschen gekommen. Schade, dass das nicht stimmt. Nur Mamas Bekannte sind hier. Papas Freunde haben ihn schon im Sommer 98 begraben.

Mama hat es schwer. Sie kommt kaum über die Runden. Um uns durchzufüttern, nimmt sie ein Dutzend neue Schüler an. Du sitzt im Zimmer, klimperst auf deinem Pianino herum, und ich gehe immer wieder auf den Flur hinaus und sehe mir die Schuhe der Gäste an. Ich träume davon, irgendwann auch solche zu haben.

Nach Vaters Tod baut Opa schnell ab. Unsere Familie wird zu einer Gemischtwarenhandlung für Sorgen. Schließlich ist Opa gelähmt. Als meine lieben Klassenkollegen davon erfahren, spotten sie, Smyslow sei endlich auch im Besitz von unbeweglichem Eigentum.

Tagelang hänge ich bei den Zigeunern rum. Mit dem Heroin machen unsere Nachbarn kein schlechtes Geschäft. Als Ergebnis hat Kalo, mein neuer Freund, eine neue Spielkonsole. Während in der Küche Drogen gedealt werden, zocken wir Computerfußball.

Erstaunlicherweise macht sich Mama keine Sorgen um mich.

Manchmal vertschüsse ich mich ins Zentrum. Alte Freunde besuchen. Meistens die Kinder von Vaters ehemaligen Partnern. Im Fernsehen läuft ein sowjetischer Zeichentrickfilm über Winnie Puuh, und wann immer möglich, versuche ich, über Nacht zu bleiben. Ich liebe es, mir vorzustellen, dass diese Luxuswohnungen mir gehören. Beim Abschied mache ich jeweils eine beiläufige Bemerkung, dass ich für das Wetter nicht passend angezogen sei. »Ja, natürlich, ist doch klar, kein Problem!« Ich bekomme einen teuren Pulli und verspreche, ihn ganz bestimmt zurückzubringen, obwohl ich ganz genau weiß, dass ich das natürlich nicht tun werde. So komme ich zu neuen Klamotten. Die Kids, die ich besuche, interessieren mich nicht wirklich – mir geht es nur um ihre Kleiderschränke.

Statt des Unterrichts spielen wir Fußball. Mittwochs zum Beispiel mit dem lokalen Junkie-Team, das sich hier einmal pro Woche trifft. Ich stichle, sie sollten mal das Doping lassen, aber sie sehen das anders. Ihr Mannschaftskapitän hat den Spitznamen Salat. Vom Heroin, das ihm Kalos Mama verkauft, ist sein Gesicht ganz verschwommen. Ein Auge verrutscht, die Nase verzogen, die Hälfte der Zähne ausgefallen; aber sein Schuss ist immer noch beachtlich! Salat kann mit links und mit rechts abfeuern. Manchmal spielt unser Nachbar mit ihnen – Onkel Wolodja Slawin, der, der auch am Begräbnis war. Er ist zwar kein Junkie, aber als richtiger Sektenführer im Glücksteam immer gern gesehen.

Eines schönen Morgens hört nämlich Onkel Wolodja, der zu dem Zeitpunkt Mathematik und Chemie unterrichtet, die Stimme Gottes. Erschrocken hofft seine Frau, dass sich einfach nur im Motor des alten Saporoschez ein Poltergeist eingenistet hat, aber ihr Mann besteht darauf: Es ist Gott, der da flüstert. Onkel Wolodja überlegt nicht lange, tritt aufs Geratewohl einer der vielen Sekten bei, die damals in Russland aufkommen, und zahlt dort auch brav seinen Zehnten. Seine Familie befürchtet, er könnte die Wohnung verkaufen, doch er hat seinen Glauben ... und einen Plan.

Onkel Wolodja geht zum Fenster hinaus. Er vernimmt den Ruf Gottes und folgt ihm. Um fünf Uhr früh. Aus dem sechsten Stock. Er fliegt etwas mehr als fünfzehn Meter, dann landet er in einem Baum, den er beim Aufprall mit seinem Rücken spaltet, und bleibt am Leben. Schon nach zwei Wochen darf Onkel Wolodja das Krankenhaus verlassen und wird sofort das neue Oberhaupt der Sekte. Viele Jahre später wird er uns erzählen, dass das alles inszeniert war. Er hat den Baum angesägt und ist lediglich aus dem Treppenhausfenster im ersten Stock gesprungen.

Der kleinen verschworenen Gemeinschaft, die keinerlei Ansprüche stellt, legt niemand das Handwerk. Mehr noch, der Revierinspektor – derselbe, der Kalos Eltern deckt – fördert Onkel Wolodja sogar. Er findet, indem Onkel Wolodja die Menschen zum neuen Glauben bekehrt, stabilisiert er den Stadtbezirk.

Nach dem spektakulären Fenstersturz verdreifacht sich der Reingewinn der Sekte. Beten und Buße tun ist das eine, aber etwas ganz anderes ist es, wenn du aus dem Fenster springst und am Leben bleibst. Onkel Wolodja kauft sich einen neuen Jaguar und hilft uns gelegentlich aus. Mama und Onkel Wolodjas Frau, Tante Tanja, werden sogar Freundinnen. Dank ihrer Hilfe wird unser Leben leichter.

Ein paar Monate nach Vaters Tod beerdigen wir Großvater. Nach zwei weiteren Wochen auch die Großmutter. Ich bin froh. Erstens ist dieser Höllenmarathon endlich vorbei, zweitens kriege ich ein eigenes Zimmer. Jetzt wird wohl keiner mehr sterben. Mama würde mir das jedenfalls nicht antun. Ich schleppe den alten Computer in mein Zimmer und spiele tagelang Fußball. Mama schimpft und droht, die Tastatur wegzuwerfen, aber ich weiß, dass sie das nie tun würde – ich habe sonst nichts. Mama mahnt, ich soll ordentlich lernen, aber sie hat keine Ahnung, dass selbst unsere Russischlehrerin einen Fehler nach dem anderen macht. Der ganze Literaturunterricht läuft darauf hinaus, dass ich meinen Kollegen nacherzähle, was wir lesen mussten: »Smyslow, was war auf?« – »Ein Held unserer Zeit.« – »Handelt wovon?« – »Ein Mann namens Petschorin klaut ein Pferd und ein Weib.« – »Fest?« – »Nicht haut! Klaut!«

Eines Tages metzeln irgendwelche Vollpfosten Kalos Eltern und Schwester nieder. Dreiundfünfzig Messerstiche, für alle drei zusammen. In der Eile lassen sie Kalo unbeschadet. Allen ist klar – ein Mord zur Abschreckung. Unsere arbeitslosen Mitbürger sollen wissen, dass es wenigstens den Schwarzköpfen und Zigeunern noch schlechter geht als ihnen. »Wir können noch für uns einstehen«, schreibt jemand auf den Asphalt vor Kalos Fenster.

Er heult sieben Tage lang. Ich liege auf dem Bett, glotze an die rissige Decke und höre, wie im angrenzenden Haus mein Freund weint. Ich betrachte die Risse und denke, der Kummer selbst ist es, der uns zerstört. Ich würde Kalo gern umarmen, aber ich weiß, dass er zuerst eine ganz dicke Haut kriegen muss.

Hin und wieder lässt Mama mich und Kalo bei ihren Schülern sitzen. Manchmal habe ich das Gefühl, sie hat diesen kleinen, lockigen Gauner lieber als mich. Ich bin nicht eifersüchtig – Kalo braucht Hilfe. Wir ersetzen einander den Vater. Manchmal erziehe ich Kalo, immer öfter er mich. Ich bringe ihm alles bei, was er in der Schule verpasst hat, und er zeigt mir, wie ein Kinnhaken geht. Mit Onkel Wolodjas Hilfe sorgt Mama dafür, dass er in unsere Klasse kommt, und jetzt sitzen wir zusammen in einer Schulbank. Onkel Wolodja ist übrigens nicht mehr an unserer Schule. Zufällig übersiedelt er nach der Ermordung von Kalos Eltern mit seiner Familie nach Moskau. Man hört, dass er Wichtiges zu tun hat, eine neue Sekte gründet.

Kalo ist ein besserer Schüler als ich. Lauter Einsen. Mein Freund sammelt Wissen für drei an, so viel saugt er in sich auf.

Als es Zeit wird, mache ich die Aufnahmeprüfung für die Universität. Ehrlich gesagt, weiß ich selber nicht, wie ich sie bestehe. Seit Vaters Tod habe ich überhaupt nichts mehr gemacht. Abends jage ich einem Ball hinterher, den Rest der Zeit spiele ich mit Kalo Online-Fußballmanager. Ich entscheide über die Besetzung, bestimme die Taktik, kaufe und verkaufe Spieler und fühle mich dabei wie ein richtiger Trainer. Wahrscheinlich ist mir damals schon klar, wenn ich irgendwann reich werde, dann nur in einem Onlinespiel.

Ein Jahr vor den Antrittsprüfungen fragt Mama, an welcher Universität wir uns bewerben wollen. Kalo sagt, er wolle gar nicht studieren. Warum? Onkel Wolodja hat Arbeit für ihn, in Moskau. Ach so …

Wir sehen ein, dass das für Kalo wahrscheinlich das Beste ist. Er zieht nach Moskau, vergisst diese Stadt, aber was soll ich machen? Ich habe ein Hammerteam zusammengestellt und träume davon, mit Zenit St. Petersburg die Champions League zu gewinnen. Als Antwort auf mein Schweigen verkündet Mama, dass ich Philologie studieren werde. Ist mir auch recht, denke ich. Ein Jahr lang büffelt Mama mit mir Sprachen und übergibt mich dann der Fürsorge irgendwelcher Bekannter. Mein Status als Halbwaise wirkt sich zu meinen Gunsten aus. Die Uni nimmt mich an. Naiv erwarte ich, ab jetzt meine Ruhe zu haben, aber weit gefehlt. Ich muss Papas Platz einnehmen. Mama sagt, ich muss anfangen zu arbeiten.

Crêpes verkaufen will ich nicht, Waggons entladen auch nicht. Was kann ich? Genau gar nichts. Fehlerfrei schreiben und virtuelle Meisterschaften verschiedener Länder gewinnen. Such dir damit mal einen Job. Ich habe die Namen aller Fußballer der Welt im Kopf und weiß, dass man keine Wortwiederholungen machen soll. Das erweist sich als ausreichend. Dein Bruder wird Sportreporter. Sie geben mir einen Tisch, einen Stuhl und sagen: Schreib! Abgesehen von einigen extrem seltsamen Mitarbeitern ist der Job ganz passabel. Die ganze Redaktion spielt Online-Fußballmanager, und getrunken wird auch nicht wenig. Mir ist das sympathisch.

Jeden Abend besorgt der Herausgeber zwei Kanister Weinbrand. Dieser heilige Moment markiert das Ende des Arbeitstages. Kurz vor neunzehn Uhr denkt man sich schnell eine Nachricht aus, die sich so nie ereignet hat, versieht sie mit einem Foto, und ab damit ins Layout. Fertig. Nicht einmal das Okay des Chefs ist notwendig. Das Studium stört nicht bei so einem Job – und eine solche Arbeit steht dem Lernen nicht im Weg. Ich kriege sogar ein Stipendium, habe aber leider trotzdem nie Geld.

Eine Hälfte meines Gehalts gebe ich Mama, die andere Hälfte versaufe ich. Von guter Kleidung, einem Auto oder Wochenendausflügen nach Prag kann keine Rede sein. Die gestylten Mädchen, von denen es an der philologischen Fakultät nur so wimmelt, schenken mir keine Beachtung. Meine romantischen Beziehungen beschränken sich auf seltene Dates mit einem Mädchen aus Brjansk. Sie ist hübsch, sehr sogar, aber sie kommt lange nicht an die Sorte Frau heran, die mir vorschwebt. Ich will auf teuren Laken schlafen, will eine Frau mit einer Wohnung auf dem Newski-Prospekt, und was ich kriege, ist Olga mit einem Satz Bettwäsche fürs ganze Jahr. Ich träume von einer Reichen. Ich würde beim Aussehen sogar Abstriche machen – Hauptsache, sie hat bronzen schimmernde Haut und aufgespritzte, schön geschminkte Lippen. Das Einzige, was ich wirklich will: dass die Haare meiner Angebeteten geglättet und mit tausend edlen Lotionen gepflegt sind. Ich brauche Prinzessinnen. Ich brauche meine eigene Mama in der Version von 1996. Ein weiblicher Körper erregt mich nur, wenn er mit goldenen Armreifen behängt ist. Ich weiß über meine Armut zu scherzen und die anderen zum Lachen zu bringen, aber damit hat es sich dann auch. Jedes Mal, wenn das Gespräch auf einen Restaurantbesuch kommt, mache ich mich unsichtbar. Ich habe kein Geld. Was habe ich zu bieten? Wem kann ich was kaufen, wenn ich nicht mal für mich selbst bezahlen kann? Ich tauge höchstens zum Studierendenvertreter. Wenn mich Kolleginnen küssen, dann nur auf die Wange. Ich versuche, bei Wettbewerben an der Universität hervorzustechen, erzähle ständig von meiner Arbeit, doch auch das rettet mich nicht. Ich werde an unserem Institut Kapitän der Fußballmannschaft, was nicht besonders schwierig ist, wo da doch lauter Leichen spielen. Bringt alles nichts. Auf mich stehen immer noch nur Provinzschnecken, die mich kein bisschen interessieren. Aber eigentlich ist das auch nicht so wichtig, weil ich zu der Zeit schon verliebt bin …

In Alissa. Makellos, präzise, wie ein Traum. Die Coolness in Person. Immer allein unterwegs. Keine Freunde, keine Freundinnen. Kein Hihi und Haha in den Pausen. Strenge Kleidung, dunkle Farben. Eine kompromisslose, berückende, unbestrittene Schönheit.

Zur Universität bringt sie ein Wagen mit Sonderkennzeichen. Daraus schließe ich, dass sie die Tochter irgendeines Ministers oder Abgeordneten ist. Eine Prinzessin mit Schloss. Man sagt mir, dass sie sehr sonderbar sei, zudem alles andere als klug, doch das spornt mich nur noch mehr an. Mir gefällt der Gedanke, dass sie abnormal ist, richtig dumm. Ich stelle mir vor, wie ich ihr die Welt erkläre, sie nach meinen Bedürfnissen forme. Alissa hat einen angeborenen Sinn für Ästhetik, und das ist das Einzige, was mich damals wirklich lockt.

Ich beschließe, ihr nachzuspionieren. Als sie das nächste Mal abgeholt wird, renne ich auf die Uferstraße, halte das nächstbeste Auto an. Wie im Kino befehle ich: »Ihr nach!« Auf die Idee, dass Alissa außerhalb der Stadt wohnt, komme ich natürlich nicht so schnell ... Uschkowo. Gleich hinter Selenogorsk. Sechzig fucking Kilometer. Ich hab nicht mal Geld für die S-Bahn. Ich gehe zu Fuß nach Hause. Wenigstens hab ich meinen Player mit:

Und was bedeutet das nun?
Wie geht es weiter, was tun?
Vielleicht hör ich auf mein Gefühl.
Was sagt mein Herz zu diesem Spiel?
Augenblick, stopp! Blitz und Lichterstrahl!
Wenn's nicht Liebe ist, was ist es dann?

Dein Bruder stellt seinen Tagesablauf komplett um. Ich bemühe mich, ihr über den Weg zu laufen, versuche, mich schön anzuziehen, aber was hab ich schon? Die alten Sachen von Vater und einen Schrank voll zusammengekauftes Secondhandzeug. Jeden Tag träume ich davon, ihr zu begegnen. Ich laufe die ganze Universität ab: den Hof, alle Stockwerke, das Haus der Zwölf Kollegien. Einmal warte ich zu Beginn einer Sammelvorlesung, bis sie ihren Platz eingenommen hat, und setze mich neben sie. Doch bevor ich sie ansprechen kann, schnalzt Alissa genervt mit der Zunge, steht auf und geht. Weg. Und taucht nicht mehr auf bis zum nächsten September ...

Ich beschließe Folgendes: Wenn ich mehr schreibe, kann ich nicht nur dein blödes Kolophonium bezahlen, sondern mir auch neue Klamotten kaufen. Ich will mehrere Paar neue Schuhe, neue Sakkos, ein Handy und eine Uhr. Ungeduldig warte ich auf den Herbst. Ich verstehe nur zu gut, dass ein neues Auto nicht drin liegt, aber ein paar Hemden hoffe ich erstehen zu können. Ich will ihr unbedingt beweisen, dass ich zu etwas fähig bin. Ist der erste Schritt getan, fällt der zweite schon leichter. Schließlich muss sie anerkennen, dass wir alle in verschiedenen Umständen leben. Ja, meine Familie ist anders, verarmt, aber na und? Sag mir, meine Liebe, sag, wo ist der Berg, der auf mich wartet ...

Und ich sitze bei der Arbeit. Sieben Tage die Woche. Nie ein freier Tag, im Gegenteil. »Wer ist denn da noch in der Redaktion? Sind doch alle schon weg! Ah, Smyslow ...«

Ich bitte um zusätzliche Aufgaben. Bei uns gilt ein Leistungssoll von fünfzigtausend Zeichen im Monat. Alles, was darüber liegt, wird extra bezahlt. Und ich schreibe. Ich schreibe über alles: Skifahren, Fußball, Handball. Ich beschreibe Weltmeisterschaften im Schwimmen und im Freistilringen. Die Tussi mit den Keulen? Gebt sie Smyslow! Mir ist komplett egal, worüber ich schreibe. Zeichen, Zeichen, Zeichen – das ist alles, was mich wirklich antreibt. Auf meinem kleinen Handy habe ich einen Taschenrechner, mit dem ich alles zusammenzähle. Kein einziger Buchstabe entkommt mir. Bei der Lohnabrechnung passieren gern Fehler. Ich weiß alles über euch, Freunde!

In den Mittagspausen spotten sie, dass man die Zeitung bald nach mir benennen wird. Gut so, will ich auch hoffen. Ich bleibe über Nacht in der Redaktion. So erfahre ich die Nachrichten aus der Agentur als Erster. Mancher flüstert natürlich hinter meinem Rücken, dass ich jetzt endgültig durchgeknallt sei. Ich nehme alle Aufträge an, fahre auf alle Dienstreisen. Sogar nach Tschetschenien fliege ich, zu den Matches von Terek, aber egal, hör mal, Kleiner, irgendwie ist es heiß geworden hier drin ... Lass uns mal draußen eine rauchen ...

Zwischensatz

Die Rolle des Zwischensatzes ist es, einen Übergang zwischen Haupt- und Seitensatz zu bilden. In diesem Abschnitt erfahren wir mehr über das neue Leben der Familie Slawin in Russland und darüber, wie Lew Smyslow alles verloren hat.

Nichts ändert sich. Die Familie befindet sich immer noch im größten Land der Welt. Die Unruhe wächst. Am besten vertragen die Kleinen die heimatliche Gefangenschaft – Lisa und Pawel. Bei Tolja ist es schwer zu sagen, er ist völlig abgetaucht in sein Computerspiel.

Mama und Alexander sind rastlos. Sascha hat seinen neuen Klub schon besucht, aber an Trainings teilnehmen will er noch nicht.

Vater ist ständig gereizt. Zweimal hat er klargestellt, dass eine Rückkehr nach Frankreich ausgeschlossen ist. Jedenfalls bis auf Weiteres. Wladimir Alexandrowitsch weiß längst von den Affären seiner Frau. Das macht vieles schwierig. Tatjana Slawina muss sich fügen. Verfluchter Geheimdienst. Im Haus hängen ständig diese Hunde herum. Oft ist Kalo da, der kleine Zigeuner, der in Kuptschino ihr Nachbar war. Er ist nicht wiederzuerkennen. Gut gekleidet, Lisa findet sogar, dass er aussieht wie der Bandleader von BB Brunes. Kalo ist immer höflich. Anscheinend ist er Vaters rechte Hand.

Beim Mittagessen im Kreis der Familie sitzt Kalo mit am Tisch. Immer. Er ist schweigsam. Wenn er spricht, dann nur über Geschäftliches. Wendet er sich an den Vater, beugt er sich immer zu dessen Ohr. Einmal schlägt nach einer solchen Verneigung Wladimir Alexandrowitsch Slawin unnötigerweise (es herrscht ohnehin Grabesstille) seine Gabel gegen den Stiel seines Glases und verkündet seiner Familie, jemand säge an seinem Stuhl. So was aber auch! Wer hätte das gedacht.

»Wer denn?«, fragt die Gattin neugierig.

»Wissen wir noch nicht«, antwortet nicht ihr Mann, sondern Kalo.

»Irgend so ein Klugscheißer! Von denen ganz oben hat keiner ein Problem mit mir. Mit dem Chef bin ich auf einer Linie. Er respektiert und mag mich. Die anderen Familien haben auch nichts gegen mich. Ab und zu gibt es Spannungen, aber das sind bloß Interessenkonflikte. Also muss das irgendein Querschädel sein ...«

»Alles wird gut«, fügt Kalo kühl hinzu.

Die erste Woche geht Alexander nicht zum Training. Er trinkt Wein, liest Bücher. Im hauseigenen Kraftraum hält er sich fit und schaut währenddessen interessiert, mit einem Lächeln und leichtem Befremden, das Programm der staatlichen Fernsehsender. Ständig ist der Vater im Bild, täglich wie *Le Figaro*. Abends streift Sascha, sofern es nicht regnet, durch Moskau. Erst nach vierzehn Tagen beschließt der Neuling endlich, sich beim Training zu zeigen.

Indessen wird Mama Tatjana Slawina, die ihren Mann bekniet, ihr zu verzeihen, Heldin der Society-Chroniken. Sie erscheint auf allen mehr oder weniger wichtigen Events und sitzt einem Hilfsfonds für Opfer der plastischen Chirurgie vor. Der Polittechnologe der Slawins rät Tatjana zu einem Instagram-Profil. Zusammen mit der neuen App legt sie sich einen jungen Studenten zu – Literaturwissenschaft im ersten Semester – und zahlt ihm zwanzigtausend Rubel monatlich für Bildunterschriften. Normalerweise sind es Zitate aus der russischen Dichtung. Viel Seichtes aus der Gegenwart, eher wenig Klassik.

Auf dem Weg zum Training schreibt Sascha die x-te Nachricht an Sébastien. Noch hat der französische Freund nicht reagiert, aber Alexander ist hartnäckig – er schickt nicht nur SMS, sondern auch Briefe.

Hallo, mein Lieber!

Noch immer keine Antwort von Dir, aber … Nie hätte ich gedacht, dass ich Dir jemals aus Russland schreiben würde.

Ich hoffe, Du hörst irgendwann auf zu schmollen, zumal es hier um Dinge geht, die meinen Vater betreffen. Er war übrigens heute schon wieder im Fernsehen. Diesmal hat er vorgeschlagen, alle Schwulen strafrechtlich zu verfolgen. Und weißt Du was, damit scheint er hier sogar durchzukommen, dem Volk gefällt's. Ob ich wohl der Erste auf der Liste sein werde?

Wenn ich ehrlich bin, glaube ich, Papachen ist endgültig übergeschnappt. Jetzt sei die Zeit, den Chef zu unterstützen, koste es, was es wolle – so redet er. Er glaubt fest daran, dass die Stunde der Loyalität gekommen sei. Ein erstaunliches Land! Patriotismus wird hier nicht an Taten gemessen, sondern an der Bereitschaft, auch die idiotischsten Ideen des

Führers mitzutragen. Du wirst sehen, morgen gehen sie dann von Haus zu Haus und bitten um Spenden ... Große Spenden? Kleine? Egal! Nur fürs Protokoll.

Gestern war ich in der Kirche. Ja wirklich, lach nicht. Vorerst nur zum Probelauf. Vater hat darauf bestanden. Meinte, das sei wichtig fürs Geschäft. Er hat an so einer Prozession rund um die Kathedrale teilgenommen, und ich hab zugesehen. Kirchenbanner gab's keine – bei den Proben verwenden sie stattdessen Regenschirme. An der Spitze marschierte einer, der den Patriarchen mimte, an zweiter, vierter und achter Position Sicherheitskräfte mit übergeworfenen Talaren – die Kirchendiener. Auch mein Vater trottete mit einem Regenschirm mit. Ich konnte mir beim Zusehen kaum das Lachen verbeißen und habe ihn nachher gefragt, warum er das macht. Er hat wieder gesagt, das sei jetzt notwendig. Gut, hab ich gesagt, und was soll ich hier? »Alle sollen sehen, dass auch du jetzt an meiner Seite bist.«

Ich schreibe Dir auf dem Weg zum Stadion, unterwegs zu meinem ersten Training. Ich war schon ein paarmal in Moskau, und heute lerne ich endlich meine Klubkollegen kennen.

Was ich über die Stadt denke? Oh, massenhaft Eindrücke! Ich fühle mich an meinen ersten Besuch in Kairo erinnert: Keine Chance, auf dem Zebrastreifen eine Straße zu überqueren! Alle hupen, schreien irgendwas. Zweimal wurde ich fast überfahren, stell Dir das mal vor! Man spürt das hohe Aggressionslevel der Gesellschaft. Als hätte man eine Horde wilder Rinder auf die Straße gelassen. Alle Fußgänger rempeln! Null persönlicher Bereich! Noch dazu entschuldigt sich niemand, wenn er einen stößt. Das gilt hier als normal. Ich will gar nicht wissen, wie es mir ergehen würde, wenn ich ohne Leibwächter unterwegs wäre. Die Leute reagieren alle so wütend aufeinander, als wären sie nicht Staatsbürger eines Landes, sondern Serben, Bosnier, Juden und Araber, die man mit Gewalt gezwungen hat, sich denselben Ort zu teilen. Die Mehrheit der Menschen sieht aus wie die osteuropäischen Arbeitsmigranten, die man in London antrifft, auch wenn es hie und da ganz passable unter ihnen gibt. Viele geschmacklose Bonzen, so wie die, die in Monaco morgens im Café de Paris sitzen.

Ach, wenn Du wüsstest, wie ich unser liebes Juan-les-Pins vermisse! Wie ich mich nach diesem wunderbaren, ruhigen, beschaulichen Leben sehne, wo man am Morgen zum Meer geht, und alle lächeln einen an, und jeder Unbekannte sagt »*bonjour*«! Hier scheinen die Leute nicht mal zu ahnen, dass man auch glücklich sein kann.

Vielleicht irre ich mich, aber mein erster Eindruck ist: Russland ist ein Land der Klischees. Die Leute sprechen mehrheitlich in den Parolen, die sie tags zuvor im Fernsehen aufgeschnappt haben. Es ist nicht üblich, Informationen zu verdauen. Man hört etwas, findet es gut, wiederholt es! Erst gestern hat beim Mittagessen ein Witzbold am Nebentisch versucht, seine Kollegen zu beeindrucken, indem er eine Rede meines Vaters als seine eigene Meinung ausgab.

Meine zweite Beobachtung: flächendeckende Persönlichkeitsspaltung! Hier kann man völlig entgegengesetzte Dinge behaupten, ohne dass es jemanden stören würde. Iwan der Schreckliche ist ihr Herzblatt, Priester weihen Ikonen mit dem Porträt von Stalin. Sachen, die mir nicht in den Kopf wollen, passieren hier auf Schritt und Tritt!

Und das Dritte ... Mir scheint, die örtliche Bevölkerung nutzt die Möglichkeiten ihrer

Sprache nur zu maximal drei Prozent. Eine unfassbare Verehrung von Ellotschka, der Menschenfresserin (das ist so eine literarische Figur, die Dummheit, Vulgarität und Gemeinheit verkörpert). Ich habe viele Jahre nur im Kreis der Familie russisch gesprochen, aber hier fühle ich mich plötzlich wie ein Professor der Slawistik. Als ob sie Russisch als Fremdsprache gelernt hätten. Noch dazu verwenden sie ständig Verkleinerungen und Verniedlichungen. Wobei, auch das geht noch. Aber die Intonation, mit der sich alle ausdrücken … Ich kann sie im Brief leider nicht nachmachen, kann Dich nur bitten, Dir eine alles verschlingende Prätention vorzustellen, die über diese Sprache zu herrschen scheint. Prätention ist der wichtigste Motor dieses Volkes. Was auch immer sie tun, was auch immer sie sagen, tun und sagen sie mit Prätention. In jeder Äußerung ein Anspruch, in jedem Satz eine Forderung. Keine Ahnung, vielleicht ist das nur mein erster Eindruck, aber nie habe ich irgendwo so viele Bürger mit völlig haltlosen Forderungen gesehen. Lauter haargenaue Kopien meines Vaters!

Aber eigentlich ist das alles leeres Gerede. Im Grunde ist mir scheißegal, was hier abgeht.

Ich warte nur auf den Tag, an dem Du endlich kommst. Dann bin ich nicht mehr der einzige Ausländer hier …
 Ich küsse Dich! Dein Sascha!

PAUSE

Wir gingen auf die Freitreppe hinaus. Während unseres Gesprächs war es dunkel geworden. Über dem See und dem Berg hingen Wolken. Lew zündete sich eine Zigarette an. Ich musterte ihn aufmerksam. Vor mir stand jetzt nicht der große Bruder, den ich meinte, vor dem Selbstmord retten zu müssen, sondern ein eleganter Mann, präzise wie eine Etüde. Sah man diesen Menschen an, hätte man nie gedacht, dass er in einer armen Familie gelebt und sein Leben lang davon geträumt hatte, reich zu werden. Lew sah nach ererbtem Luxus aus. Die Manschettenknöpfe, der Ring, die Uhr – alles an ihm deutete auf Erfolg hin und nicht auf die Kapitulation, die ich noch immer hörte.

Während ich den Bruder ansah, kam eine Frau auf uns zu. Extravagant, rosig und ein bisschen vulgär, wie Chatschaturjans Violinkonzert. Man kann mich zwar keinen großen Kenner weiblicher Schönheit nennen, aber dass sie hübsch war, hätte wohl jeder bestätigt. Keine einzige Dissonanz. Die Unbekannte lächelte uns an, stellte einige schicke Einkaufstüten auf den Stufen ab und küsste Lew.

– Mein kleiner Bruder –, sagte Lew und sah dabei nicht sie an, sondern seine auf Hochglanz polierten Schuhe. Die Dame lächelte wieder, bevor sie wortlos im Hotel verschwand.

– Das ist Alissa –, sagte Lew, ohne den Blick zu heben. – Sie ist gerade erst angekommen. Ich habe alle Kosten übernommen. Heute werden wir endlich eine gemeinsame Nacht verbringen, nach so vielen Jahren.

Lew sah in Richtung des Hotels, aber statt ins Restaurant zurückzukehren, machte er ein paar Schritte nach vorne und setzte sich auf die Stufen. Der Bruder hob den Arm wie einen Flügel und winkte mich heran. Ich setzte mich zu ihm. Lew warf die Zigarette weg und führte seine Erzählung fort.

– Ich weiß gar nicht mehr, wie ich sie kennengelernt habe …
– Alissa?
– Nein, Karina, meine Frau! Weißt du, das ist wie beim Pokern – du denkst die ganze Zeit an eine bestimmte Karte, aber dann bekommst du eine andere auf die Hand, und mit der musst du spielen. Eines Tages fällt mir auf dem Flur der Redaktion ein sympathisches Mädchen auf. Sie lächelt immer – aber ich lächle nie zurück. Wahrscheinlich ist das mein Pluspunkt. Alle anderen Kollegen schwirren um sie herum, biedern sich an. Solche Blödmänner. Diese kleinen Jungs, die sich stundenlang schweinische Witze erzählen, werden in ihrer

Anwesenheit plötzlich galant und höflich. Nach wenigen Tagen bin ich im Bilde, dass Karina ein Praktikum macht ... ein Sommerpraktikum in der Zeitung ihres Vaters.

An eine Heirat denke ich natürlich nicht. Nein, so bescheuert bin ich auch wieder nicht. Zwar träume ich durchaus von Dividenden, aber von harmlosen – einer Fahrt in ihrem Wagen, einer Nacht in ihrer Wohnung. Ich will sie mir gar nicht angeln, aber es passiert irgendwie von allein ...

Wir nehmen Kontakt auf. Ich merke gar nicht, wie es anfängt. Nein, wirklich nicht! Ich strenge mich überhaupt nicht an, aber irgendwie passiert es, dass wir uns ständig unterhalten, Witze machen. Ich lade sie zum Mittagessen ein und hab sie in der Tasche! Weißt du, das ist wie bei den staatlichen Fernsehsendern. Wenn wir glauben, die Minister wenden sich direkt an uns, dann täuschen wir uns. Das sieht nur so aus! Dabei sprechen die nur zu einem: zu ihrem Präsidenten – wir sind ihnen scheißegal. Mit mir passiert derselbe Zauber. Ab einem bestimmten Moment spreche ich nicht mehr mit den Kollegen. Alles, was ich jetzt sage, sage ich nur für Karina. Ich hab mal gehört, ein professioneller Komiker versucht niemals, den ganzen Saal zum Lachen zu bringen. Nein, er sucht sich die Person heraus, die am lautesten lacht, und verschießt den Rest des Abends sein ganzes Pulver nur für sie. Bei den Teamsitzungen interessiert mich kein bisschen, was die Kollegen von meinen Ideen halten – nur ihre Meinung zählt. Und ihr gefällt, was ich sage. Wir treffen uns nach der Arbeit. Gehen essen, manchmal ins Kino. Sie zahlt immer für mich. Schon beim ersten Date hält sie mich auf, als ich nach meiner Brieftasche greife: »Lass mal, ich kann mir gut vorstellen, was du verdienst.« – »Ich glaube nicht, dass es bald mehr sein wird.« – »Mal sehen«, sagt sie und küsst meine Hand. Das war's eigentlich. Da hast du deinen Guy de Maupassant. An jenem Abend ist mir klar, dass sie mich zum Chefredakteur der Zeitung machen wird. Eine Frage der Zeit – mehr nicht. Ich kann mir damals nur noch nicht vorstellen, wie schnell das gehen wird! Guten Wein haben sie hier übrigens.

Bei uns arbeitet ein Halbaffe. Mir fällt gerade nicht ein, wie er heißt. Mischa, Grischa, etwas in der Art. So ein bärtiger Fettwanst. Von morgens bis abends haut er schnaufend in die Tasten, verzapft irgendwas von wegen die Juden seien an allem schuld, und viermal am Tag holt er sich auf dem Klo einen runter. Ein typischer Patriot. Einmal erlaubt er sich, mich zu kritisieren. In dem Moment taucht Karina auf. Ich begreife, dass das meine Chance ist. Karina sieht uns neugierig an, und ich werde aktiv. Anstatt die Kränkung hinzunehmen, werfe ich mich auf diesen Wichser. Er ist schwerer, dicker und viel stärker als ich, eigentlich müsste er mich aufs Kreuz legen. Aber der Fettsack, der Tag für Tag verspricht, die ganze Welt in die Knie zu zwingen, entpuppt sich als Weichei. Jedenfalls, ich verprügle ihn …

Alle erwarten, dass mich Karinas Vater entlässt, aber dazu kommt es nicht. Unser lieber Inhaber denkt seit mehreren Monaten darüber nach, wie er die Redaktion um die Hälfte verschlanken könnte. Für dieses Unterfangen bin ich die ideale Besetzung. Er ernennt mich zum Chefredakteur, und die übergangenen Journalisten, die er durch dieses Vorgehen beleidigt, kündigen auf eigenen Wunsch. Bitte sehr! »Lew Smyslow, ein Journalist, der allen zeigt, wie wichtig es ist, auf seinem Recht zu bestehen!« Mama traut ihren Ohren nicht. Sie glaubt, ich lüge sie an. Auch meine Freunde von der Uni glauben mir nicht. Studiert im zweiten Jahr Sprachen und ist auf einmal Chefredakteur! Jetzt habe ich auch die Gewissheit, dass Alissa mir gehören wird. Du kannst dir gar nicht vorstellen, durch wie viele Betten ich gleich in der ersten Woche pflüge. Kaum hat sich in der Fakultät herumgesprochen, dass Smyslow Chef einer Zeitung ist, fressen mich die Mädels förmlich auf.

Ich bekomme die erste Vorschusszahlung – eine Summe, die mir nicht in den Kopf geht! Ich ziehe durch die Klubs, spendiere Prinzessinnen Drinks. Früher hätte Kalo mir was Feines gecheckt, aber der ist jetzt in Moskau. Was soll's, ich nehme es auch von anderen. Mein Leben ist toll, und ich vergesse glatt, dass die ganze Zeit hindurch meine zukünftige Gattin auf mich wartet.

Ich war nie ein Fan von großen Brüsten. Na ja, also, Mäusezitzen müssen es auch nicht gerade sein, aber so riesige Dinger ...

– Lew!

– Wieso Lew? Ich sage es dir, wie es ist. Karina hatte ausgesprochen große und hässliche Brüste. So hängende, weißt du.

– Lew, du bist betrunken!

– Nein, Kleiner, ich bin eben nicht betrunken. Als wir das erste Mal vögeln, wird mir klar, dass ich diese Frau niemals lieben werde. Jeden Tag diese Auswüchse sehen. Verdammte Pornovideos – von denen hatte ich mir mit Kalo zu viele reingezogen. Da lebt man mit der Vorstellung, alle Mädchen hätten so schöne Körper wie Pornostars, aber dann ... hat die eine Haare auf den Nippeln und die andere ...

Jedes Mal, wenn wir im Bett landen, schließe ich die Augen. Sie flüstert immer: »Sieh mich an, sieh mich an«, und ich bemühe mich, alles schon erledigt zu haben, bevor sie ihren BH aufmacht. Ich lache gern mit ihr, bequatsche gern alles mit ihr, aber bloß keinen Sex. Ich möchte eine Freundschaft, aber Karina will Kinder. Ich habe natürlich keine Ahnung, dass sie schon nach unserem dritten Date eine Wiege aussuchen geht. Phänomenal, wie eine Frau sich eine Realität ausmalen und sofort darin leben kann. Wir lernen uns gerade erst kennen, und sie überlegt sich schon die Wohnzimmereinrichtung …

Jedenfalls wird sofort alles kompliziert. Mir ist klar, dass ich Karina irgendwie loswerden muss, aber ich weiß nicht, wie. Dazu noch die Arbeit. Bei mir läuft alles bestens, ich bekomme einen Dienstwagen und eine Mietwohnung an der Malaja Konjuschennaja. Endlich mache ich einen deutlichen Schritt in die richtige Richtung. Karina brauche ich nicht, aber wie werde ich sie los? Ich kann sie ja nicht einfach umbringen. Ich hoffe, dass sie sich von selber verpisst. Sie ist ja schließlich nicht dumm! Sie muss das doch alles mitbekommen.

Andererseits lasse ich ihr eine Chance, meine Frau zu werden. Ich fantasiere, wenn sie selbst auf die Idee kommt, sich unters Messer zu legen, kann durchaus noch alles okay werden …

Wir reisen. Viel. Ich schreibe unsere Aufenthalte als Dienstreisen ab. In Wirklichkeit verprassen wir das Geld ihres Vaters. Karina weiß das nur zu gut und setzt mich unter Druck. Ich komme nicht daran vorbei, mit ihr zu schlafen, und immer öfter tut sie jetzt so, als hätte sie die Kondome vergessen. Wenn ich dann Gummis holen will, sagt meine zukünftige Holde, sie wolle nicht warten – als ob eine Sekunde Verzögerung etwas ausmachen würde.

Abgesehen von dieser Front ist unser Leben durchaus schön. Wir besuchen Museen moderner Kunst, essen in teuren Restaurants und bestellen nur auserlesene Weine. Karina gibt mir ein Duplikat ihrer Kreditkarte, sodass ich täglich eine beachtliche Summe abheben kann. Ich kaufe mir neue Hosen, Hemden, Sneakers. Logisch, dass mir das alles zu Kopf steigt. Ich erscheine manchmal wochenlang nicht im Büro. Eine bombastische Zeit, wenn da nicht dieses Aber wäre – Karina spielt pausenlos ihre Schallplatte von der tickenden Uhr. Ich versuche, es ihr auszureden, flüstere küssend: »Meine Liebe, meine Teure, wozu denn die Eile, wozu?«, aber sie hört nicht auf mich. Karina bleibt stur. Ein paarmal streiten wir, ziemlich heftig sogar. Ich begreife, wenn ich meine Wohnung im Zentrum behalten will, muss ich nachgeben. Dein Bruder verkündet, er sei noch nicht bereit für ein Kind, aber streckt der Dame einen Ring entgegen. Wir fahren in die Stadt der Grachten, und unter dem Vorwand, ich schriebe einen wichtigen Text über die Lieblingsmannschaft der hier lebenden Juden, verprassen wir zwanzig Tage lang systematisch das Guthaben ihres Vaters.

Nach der Rückkehr gehen wir aufs Standesamt. Ich bestehe auf einer bescheidenen Zeremonie. Dass ich niemanden einlade, versteht sich von selbst. Keinen der Freunde, weder dich noch Mutter. Mama erfährt, glaube ich, ein Jahr später, dass ich geheiratet habe. Es gelingt mir, Karina von der Sinnlosigkeit solcher Feiern zu überzeugen. Ich will es still und heimlich hinter mich bringen. Schließlich gehe ich immer noch davon aus, dass ich mich, sobald ich auf festen Beinen stehe, von ihr scheiden lassen und Alissa meine Liebe gestehen werde.

Der Schwiegervater schenkt uns ein Penthouse. Ich habe ein eigenes Arbeitszimmer. Nach unserem Leben in Kuptschino ist das alles kaum zu glauben. Ich schlafe bei kompletter Stille. Jeden Tag kommen zwei Haushälterinnen – eine fürs Aufräumen, eine fürs Kochen. Stell dir bloß vor: Ich mache rein gar nichts selbst. Einkäufe besorgt der Chauffeur, wenn etwas kaputtgeht, sind auch schon die Handwerker im Haus. Jeden Morgen, wenn ich den

Kühlschrank öffne, weiß ich, dass mein Traum wahr geworden ist. Ich genieße es, die mit Lebensmitteln prall gefüllten Fächer zu betrachten. Unser einziges Problem sind Asseln, die nicht wegzukriegen sind.

Ein paar Monate später hält mir Karina einen Test unter die Nase. Ich nehme das bescheuerte Plastikding in die Hand und versuche wie bei einem Fieberthermometer, den Streifen hinunterzuschütteln. Geht nicht. Na gut, denke ich, soll sein. An Kindern ist immerhin noch keiner gestorben.

Neun Monate verfliegen schnell. Am Tag der Geburt meiner Tochter beschließe ich, dass die Geschichte mit Alissa vorbei ist. Keine Ahnung, warum, aber ich bin der festen Meinung, dass eine Tochter nicht ohne Vater aufwachsen sollte. Obwohl ich Karina nicht liebe, verstehe ich, dass sie ab jetzt immer bei mir sein wird.

Ich stelle mich darauf ein. Finde mich ab, rette meine Haut. Zehn Jahre Komfort. Ich lege mir eine junge Sekretärin zu und erhöhe die Zahl der Dienstreisen. Das geht alles glatt. In den ersten Jahren ist Karina so glücklich, dass sie gar nicht auf mich achtet. Wenn ich nach Wien oder Brüssel reise, kaufe ich nicht nur ein Ticket für mich, sondern auch eins für eine Studienkollegin, die den Mund halten kann. Als ich von der Uni weg bin, suche ich mir jeweils eine von den Mitarbeiterinnen aus. Wir verbringen ein paar Tage im Hotel und fliegen getrennt wieder nach Hause. Ich spreche nicht mal mit meiner Begleitung. Triviales Onanieren mit weiblichem Körper vor dem Hintergrund des hässlichen Gattinnenbusens, der nach der Entbindung noch monströser geworden ist.

Damit könnte die Geschichte eigentlich zu Ende sein. Wie du weißt, lief mein Leben ein ganzes Jahrzehnt mehr als rund. Du musstest Konzert für Konzert herunterfiedeln, während ich das Leben genoss. Ich wechselte Gespielinnen und Autos und, na ja, ich war jemand, aber eines Tages hab ich aus dem Fenster gesehen ...

Man bringt mir schon die Rechnung, als ich auf der Bolschaja Morskaja Alissa bemerke. Sie überquert die Straße. Ohne Bodyguard, ganz allein. Ich traue meinen Augen nicht und laufe hinaus:

»Hallo! Ich hab dich erkannt!«

»Und wer bist du?«

»Ich bin Lew, Lew Smyslow. Chefredakteur bei einer Zeitung! Wir haben zusammen studiert!«

»Und?«

»Nichts und, ich freue mich riesig, dich zu sehen! Hör mal, wie wär's mit einem Kaffee?«

»Wieso denn auf einmal?«

»Nur so. Warum nicht? Ich könnte dich hier im Astoria ...«

»Und wozu?« Ihre Stimme ist genau so, wie ich sie mir immer vorgestellt habe. Tief, kratzig, fast jungenhaft. Du ahnst nicht, wie ich zittere. Ich weiß nicht, ob du so was je erlebt hast. Vielleicht, wenn du auf irgendeiner großen Bühne auftrittst. Dieses ganze Publikum, das Rampenlicht ... Ich spüre, wenn ich sie jetzt gehen lasse, sehe ich sie nie wieder.

»Na, was ist, Kaffee?«

»Wieso sollte ich ausgerechnet in dieser Schmuddelecke Kaffee trinken?«

»Okay, dann woanders. Wo möchtest du?«

»In dieser Stadt gibt es keinen vernünftigen Kaffee.«

»Okay, wo dann?«

»Was meinst du?«

»Du sagst, in dieser Stadt gibt es keinen Kaffee, und ich frage, wo würdest du gerne Kaffee trinken?«

»Hast du ein eigenes Flugzeug, oder was?«

»Nein, aber erste Klasse ist immer drin.«

»Ich habe meinen Pass nicht dabei.«

»Ich auch nicht. Fahren wir nach Hause, holen wir unsere Pässe, und fliegen wir, wohin du willst!«

»Und du zahlst?«

»Ja.«

»Wir werden nicht zusammen schlafen.«
»Selbstverständlich.«
»Ich will auf die Via Veneto.«
»Auf die Via Veneto? Wunderbar! Ich erkundige mich nach dem nächsten Flug und schicke dir einen Wagen, in Ordnung?«
»Nein, ich fahre selber zum Flughafen. Wie heißt du? Ich hab's nicht verstanden ...«
»Lew ...«
»Hier hast du meine Nummer, Lew. Und weißt du, was?«
»Was?«
»Du musst dir die Augenbrauen zupfen ...«

Um 17:45 sitzen wir im Flugzeug. Karina verklickere ich, dass ich unbedingt ein bestimmtes Match sehen muss, aber meine Frau stellt sowieso keine Fragen. Schon seit Jahren interessiert sie sich nur für unsere Tochter. Unsere Ehe hat irgendeine Jubiläumskrise. Erstaunlicherweise kam in all den Jahren kein einziges Mal die Sprache auf meine Untreue. Ich schaffte es immer, trocken aus dem Wasser zu steigen, aber dazu kommen wir noch ...

Jedenfalls, wir fliegen. Ich und Alissa. Wir wechseln nur wenige Worte, aber immerhin reden wir miteinander. Ich bin sehr vorsichtig, fürchte mich zum ersten Mal im Leben davor, etwas Falsches zu sagen. Wir fliegen, und ich fühle, genau wie dieser Airbus fliege auch ich.

Stell dir einfach mal vor, Kleiner: später Abend, die Ewige Stadt, ein laues Lüftchen. An meiner Seite, nach so vielen Jahren, meine Traumfrau. Ich sage etwas, sie scheint manchmal zu lächeln. Wie von ihr gewünscht, spazieren wir auf die Via Vittorio Veneto. Für Kaffee ist es natürlich schon etwas spät. Wir trinken Wein. Ich habe nicht vor, sie betrunken zu machen, nein. Ich drehe einfach durch. Vor Glück. Alissa trägt ein weißes Hemd. Die Ärmel aufgerollt. Die Knöpfe so weit offen, dass mir die Luft wegbleibt. All die Jahre hat sie sich überhaupt nicht verändert. Alissa fragt, wie oft ich zur Maniküre gehe. Ich sage, nie. »Tja. Gehen wir ins Hotel?«, fragt sie. »Ja, lass uns gehen.«

Wir wohnen auf verschiedenen Etagen. Ich habe für sie das teuerste Zimmer gebucht, für mich ein normales. In jener Nacht schläft Alissa allein ein. Ich rauche auf dem Balkon, blicke über Rom und denke, dass mein Leben endlich mir gehört.

Am nächsten Morgen fliegen wir zurück. Wechseln leere Worte. Mit einer Abschiedsnachricht bedanke ich mich noch für den wundervollen Abend, dann herrscht Stille. Die ganze Woche sitze ich in meinem Arbeitszimmer und denke nur daran, dass ich bei ihr sein will …

Reitend auf einem Stern,
die Strahlen fest in der Hand,
den Vollmond an der Leine in der Nacht ...

Reitend auf einem Stern,
flieg ich entgegen dem Wind,
zu meinem unerfüllten Traum ...

Das Leben ist so schön,
das Leben ist so unglaublich schön,
manchmal ein wenig gefährlich, o yeah.

Nimm mein Herz,
heb es auf, denk an mich,
glaub mir, es ist nicht umsonst ...

Reitend auf einem Stern,
über Wälder und Fluss,
ist für immer verloren die Ruh.

Reitend auf einem Stern,
flieg ich entgegen dem Wind
und Schöpfer dieser Welt – bin ich ...

Ich habe eine Tochter – sie kommt bald in die vierte Klasse. Meine Tochter scheint mich nicht besonders zu mögen. Das sei völlig normal, beruhigt mich meine Frau. Na dann, wenn es normal ist ...

Am Freitag schicke ich wieder eine Nachricht:
»Fliegen wir auf einen Kaffee?«
»Wohin?«
»Zum Bären mit dem Erdbeerbaum ...«
»Okay ...«

Also fliegen wir. Und alles wiederholt sich. Ein Flug, eine neue Stadt, nur das Taxi hat eine andere Farbe. Diesmal gehen wir nicht ins Restaurant. Alissa möchte allein sein. »Ich verstehe alles«, antworte ich. Wir verbringen den ganzen Tag getrennt. Sie geht shoppen, ich zu einem Match der Colchoneros. Um mich herum sind vierzigtausend Menschen, aber ich höre sie nicht. In meinen Ohren klingt nur ihr Name: Alissa, Alissa, Alissa. Alissa, die mich nicht an sich heranlässt. Atlético gewinnt – der Verlierer bin ich.

Am Abend klopfe ich an ihre Tür.
»Hallo, ich wollte dich einfach fragen, wie dir Madrid gefällt?«
»Gut, glaube ich.«
»Sollen wir noch einen Tag bleiben?«
»Ja, ich glaube schon.«
»Bist du zufrieden mit deinem Zimmer?«
»Ja, ich glaube schon.«

»Gut, dann bis morgen früh. Möchtest du morgen etwas mit mir unternehmen?«

»Ja, von mir aus. Und weißt du was, Lew?«

»Was?«

»Ich glaube, du solltest eine Gesichtsmaske auftragen. Deine Haut ist sehr trocken ...«

Wir fliegen mindestens zweimal im Monat.

»Wo?«

»Beim Tower ...«

»Okay.«

Direktflüge gibt es gar nicht so viele. Nach einem halben Jahr haben wir alle leicht erreichbaren Städte durch. Und mein ganzes Geld. Alles, was ich in zehn Jahren heimlich angespart habe, ist futsch! Als Guthaben bleiben mir nur die gesammelten Bonusmeilen. Der Kaffee und die von ihr ausgesuchten Hotelzimmer erweisen sich als ein zu teures Vergnügen. Und Alissa gehört noch immer nicht mir. Diese ganze Zeit über hat sie mich kein einziges Mal auch nur geküsst. Wir sind immer noch nur Freunde. Mir bleibt noch Geld für eine letzte Reise, und diesmal will ich mein Ziel erreichen. Nur leider schmeißt Karina mich hinaus.

»Wohin gehst du?«

»Ich muss zu einem Match von Hitlers Lieblingsmannschaft ...«

»Nimmst du deine Schlampe mit?«

»Schatz, wovon redest du?«

»Nicht wovon, sondern von wem! Von dieser schamlosen Entenfresse!«

Du hast eine Frau. Einmal pro Woche besucht deine Frau einen Schönheitssalon. In diesem Salon müssen alle Mitarbeiterinnen strenge schwarze Kleidung tragen. Diesen Salon managt eine junge Frau namens Alissa (wo sonst arbeitet man nach einem Sprachstudium?), die ihren Kolleginnen erzählt, dass sie diesen einen Dicken verlassen, aber schon den Nächsten hat. Einen Neuen. Wie er ist? Fabelhaft! Intelligent, lustig, aber vor allem – großzügig. Wo er arbeitet? Er ist Chefredakteur einer Sportzeitung.

»Echt?«, fragt Stammkundin Karina. »Ja«, antwortet Managerin Alissa vergnügt. »Wie, großzügig?«, fragt meine Frau. »Überaus!«, kichert Alissa. »Er hat mir halb Europa gezeigt und bucht mir immer die teuersten Hotelzimmer. Leider hat er Familie, aber er hat mir schon versprochen, sie zu verlassen.« – »Echt?«, fragt meine Frau noch mal. »Ja ...«

Karina geht auf mich los. Sie schreit, stülpt meine

Taschen um. Meine Frau nimmt mir alles weg: Schlüssel, Kreditkarten, sogar Münzen. Sie reißt meinen Pass heraus und zerfetzt ihn vor den Augen des Kindes. So was Dummes – ich war mit Alissa ja nicht mal im Bett.

Von der Straße aus rufe ich Alissa an. Ich sage, ich habe gute Neuigkeiten, habe endlich meine Familie verlassen. Ich schlage ein Treffen vor. Alissa ist glücklich, sie kommt ins Restaurant gelaufen, und zum ersten Mal im Leben küsst sie mich.

»Hallo, mein Katerchen, na, wie geht's?«

»Kann ich bei dir wohnen?«

»Da draußen? Wozu? Das wäre doch sicher unpraktisch für dich, jeden Tag durch die vielen Staus zur Arbeit zu fahren!«

»Alissa, genug gelogen, ich weiß alles! Du hast kein Haus im Grünen. Du arbeitest als Managerin in einem Schönheitssalon ...«

»Wo hast du denn das her?«

»Meine Frau hat's erzählt. Sie ist oft bei euch. Du hast ihr selbst alles serviert ...«

»O Gott ... Hast du sie schon rausgeworfen?«

»Eher sie mich ...«

»Na ja, auch egal, wer wen. Deine Anwälte lassen ihr ohnehin nichts übrig, stimmt's? Mietest du eine Wohnung? Oder wohnst du wie immer im Astoria? Sollen wir nach Mailand fliegen?«

»Alissa, hör zu, ich hab dich angelogen. Ich habe nichts. Ich habe doch alles, was ich die letzten Jahre unternommen habe, nur aus Liebe zu dir gemacht! Ich liebe dich schon so lange! Sogar meine Tochter ist das Ergebnis meiner Liebe zu dir. Als ich dich zum ersten Mal gesehen habe, hatte ich keinen Groschen. Ich dachte, du seist sehr reich, und ich müsse auf einer Höhe mit dir sein. Ich habe kein Geld, aber ich verspreche dir hoch und heilig, dass ich Arbeit finden und alles tun werde, was in meiner Macht steht … Ich habe Beziehungen, ich schaffe das!«

»Lew, ist das ein Witz? Du willst mich auf die Probe stellen, stimmt's?«

»Nein, wieso sollte ich?«

»Ist das also dein Ernst?«

»Ja.«

»Du hast gar kein Geld?«

»Im Moment kann ich nicht mal für diesen Kaffee bezahlen.«

»Ist dir überhaupt klar, was ich deinetwegen auf mich genommen habe? Ich habe mich von einem anderen Mann getrennt. Ist dir überhaupt klar, wie viel dieser Schritt für mich bedeutet hat? Ich habe lang und breit überlegt und mich zu deinen Gunsten entschieden! Wie konntest du? Wie konntest du mich die ganze Zeit so gemein betrügen?«

»Hör mal, du hast mich ja auch angelogen.«
»Wie denn?«
»Du hast mir nicht erzählt, dass du nur Managerin ...«
»Hast du mich gefragt?«
»Wieso hätte ich dich fragen sollen? Ich habe doch gesehen, in was für einem Wagen du herumfährst.«
»Was hat es für eine Bedeutung, in welchem Wagen ich zur Uni fahre? Wenn er mir doch gar nicht gehört?«
»Und woher hätte ich wissen sollen, dass das nicht dein Auto war? Hör mal, ich hab mich auf das alles nur eingelassen, weil ich deinen Ansprüchen genügen wollte. Gib mir ein paar Monate, und ich bringe alles in Ordnung ...«
»Lew, du hast mich in eine absolut idiotische Lage gebracht! Ich habe alles verloren! Wo willst du denn wohnen? Bei mir? Was sollen wir beide machen? Uns einen Apfel teilen? Ich habe auch ohne dich genug Sorgen im Leben! Scher dich zum Teufel, ich bezahl für deinen Kaffee.«
So eine Gemeinheit, Bruder, und so eine Schande. Ich versuche noch, mich zu erklären, aber Alissa hört mir nicht mehr zu. Sie knallt ein paar Münzen auf den Tisch und rauscht ab. Schön und gut, aber auch dieses Geld reicht nicht aus. Ich bitte den

Kellner, die Getränke auf mein Zimmer zu buchen, und laufe hinaus.

Draußen brennt die Sonne herunter. Eine unerträgliche feuchte Hitze hängt in der Stadt. Ich denke über meinen maximal aufregenden Tag nach. Noch vor einer Stunde hatte ich Frau und Kind. Alles in meinem Leben war gleichmäßig und klar. Am Morgen noch wollte ich nach Berlin fliegen, und jetzt stehe ich am Straßenrand, ohne einen Rubel in der Tasche, und höre aus einem Auto an der Kreuzung Juri Wisbor singen:

> Was sich bei uns so tut?
> Irgendwie sind alle weg.
> Werotschka hat ein Kind.
> Die Slawins haben sich getrennt.
> Ich bin Abteilungschef.
> Saschka war in Paris.
> Irgendwas ist immer los …
> Aber erzähl doch mal du?

Na gut, Kleiner, lass uns ins Restaurant zurückgehen. Ich glaube, jetzt bist du bereit, auch den Rest zu hören …

Seitensatz,

in dem der Reihe nach Ausschnitte aus dem Leben von Anton Quint, Lew Smyslow und Alexander Slawin erklingen.

Anton ist fürsorglich. Er ist aufmerksam, zurückhaltend und trotz seiner nervenaufreibenden Arbeit immer entspannt. Arina bemerkt, dass ihr Mann, dieser in seinen Beruf verliebte kleine Junge, sein iPhone gegen ein altes Nokia eingetauscht hat – um sich vom Handy nicht ablenken zu lassen. Anton programmiert sich um. Die Verwandlung des Mannes in einen Vater. Für Arina war es eine große Überraschung, dass ihr Mann vier Wochen lang einen Kurs für werdende Väter besucht hat. Jetzt weiß er, wie man Pampers wechselt, und kennt den Unterschied zwischen Tag- und Nachtwindeln. Anton zieht das Leintuch perfekt über die Matratze, weiß, wie man die Kleine richtig hält, und darüber hinaus lässt er es sich von Anfang an nicht nehmen, seine Tochter zu baden. Der frischgebackene Vater kauft alles Notwendige ein: Fieberthermometer (ein elektronisches, weil es praktisch ist, und eines mit Quecksilber, weil es verlässlich ist), ein Babyfon zur Beruhigung seiner Frau und Kleidung für die Neugeborene. Nebenbei bemerkt nimmt Antons Fürsorge zuweilen komische Züge an: Wenn die Kleine schläft, geht er oft zu ihr hin und schubst sie leicht an.

»Was machst du denn, Schatz?«

»Ich sehe nach, ob alles in Ordnung ist. Ich befürchte, sie könnte zu atmen aufhören oder ihr Herz könnte stehenbleiben.«

»So was Dummes, wieso sollte ihr Herz stehenbleiben?«

»Keine Ahnung, aber das gibt es doch, dass Babys sterben?«

»Alles Mögliche gibt es, du Dummkopf, aber deine Liebe wird sie beschützen.«

PAUSE

Als wir zurückkommen, sitzt Alissa an unserem Tisch und isst. Mein Bruder bittet sie, den Tisch zu wechseln. Alissa zieht eine Miene, gehorcht aber.

– Pass auf, du lässt dir noch die letzte Chance auf Sex entgehen –, versuche ich zu scherzen.

– Fang mir bloß nicht damit an ... Okay, ich erzähle weiter. Wo sind wir stehengeblieben?

– Da, wo Karina dich rauswirft.

– Also, ich fahre nach Hause. Nicht zu Karina, sondern nach Kuptschino. Grüß dich, Mama, da bin ich. Ohne Geld, ohne Pass, ohne Arbeit. Ich bleibe mal eine Weile. Was passiert ist? Ach, scheiß drauf. Mama, bitte, lass mich einfach ...

Ich stehe im elterlichen Schlafzimmer, sehe mir Vaters Sachen an. Wie viele Jahre bin ich hier nicht gewesen? Man sagt, es gebe zwei Sorten Witwen: Die einen werfen sofort alle Sachen ihres Mannes weg, die anderen bewahren die Hemden des verblichenen Gatten sorgfältig auf und waschen und bügeln sie. Ich probiere einen Pullover an. Mama schweigt, steht am Fenster. Lächelt irgendwie sonderbar, sieht mich die ganze Zeit an. Wahrscheinlich sieht sie Vater in mir. Zu dem Zeitpunkt hoffe ich noch, dass mir Karina verzeiht. Ich warte ungeduldig auf ihren Anruf. Wer ist denn heutzutage schon treu? Ich bin immer noch ihr Mann, wir waren so viele Jahre zusammen ... Ich bin mir sicher, dass meine Tochter ihren Vater braucht. Vielleicht kriegen wir sogar noch ein Baby, und alles wird gut ...

Ich brauche ein paar Tage, um zu mir zu kommen. Gehe in der Wohnung herum, sehe mir verschiedenen Krimskrams an.

Nach einer Woche beschließe ich, das Sorgerecht für meine Tochter zu verlangen. Erstens vermisse ich sie wirklich, zweitens glaube ich, wenn das Kind bei mir lebt, wird Karina uns nicht ohne Geld sitzen lassen. Ich bin natürlich komplett verzweifelt. In der Redaktion ist allen sonnenklar, dass mich meine Frau entlassen hat. Das Getuschel macht in ganz Petersburg die Runde. Jedes Mal, wenn ich zu Hause anrufe, ruft mich ihr Vater zurück und verspricht, mir die Nase zu brechen. Er sagt das durchaus überzeugend, noch dazu macht er mich in Kuptschino ausfindig und schickt mir zwei Kerle zu Besuch. Von ihnen erfahre ich, dass Karina die Scheidung eingereicht hat, und der Schwiegervater fordert sein Geld zurück ... Voilà, das Ende des ersten Aktes. Nun bin ich auch noch verschuldet. Mein Leben ist eine Melodie in Moll, die ich doch in Dur transponieren wollte ...

Wie auch immer. Ich sitze auf der Bank vor dem Hauseingang, betrachte die neuen Wohnblöcke, die sie in unseren Hof pferchen. Ich weiß, dass ich handeln muss, habe aber weder Energie noch Ideen. Ich will nur daliegen und heulen. In den zahllosen Fenstern brennt Licht. Ich habe das Gefühl, mit diesen Menschen nichts mehr gemeinsam zu haben. Ich habe kein Recht hierzubleiben, aber weiß nicht, wie ich aufstehen soll. Ich weiß, dass ich etwas Besseres bin als sie, dass mir mehr zusteht. Ich weiß jetzt, dass man anders leben kann. Ich bin wie ein Waisenkind, das die Adoptiveltern ins Heim zurückbringen. Ich habe gesehen, wie sie in echten und richtigen Familien leben, und ich schicke mich an, etwas zu tun.

PAUSE

»Anton, wo warst du?«

»Ich war nur kurz im Treppenhaus.«

»Wozu?«

»Hab das Fenster geschlossen.«

»Wieso hast du das Treppenhausfenster geschlossen?«

»Jedes Mal, wenn ich daran vorbeigehe, krieg ich Angst. Als ob mich eine unsichtbare Kraft da hinziehen würde. Um mich zu beruhigen, muss ich immer bis ganz an den Rand gehen und hinunterschauen, und wenn ich die Erde sehe, wird mir leichter, und ich kann weitergehen.«

»O Gott, ich hab einen Verrückten geheiratet.«

»Stimmt – das lässt sich nicht abstreiten. Wie geht es ihr? Schläft sie?«

»Ja, sie schläft.«

PAUSE

Ist eine Zigarette aufgeraucht, brennt schon die nächste. Die leeren Packungen zerknüllt, die Lichter erloschen. Ein Frühling des Niedergangs, die ersten melancholischen Schneeglöckchen. Karina hebt nicht ab, Alissa auch nicht. Niemand braucht mich. Ich würde gern mit Vater sprechen, aber den gibt es nicht mehr. Unsere Wohnung nervt mich. Ich begreife nicht, wie du so leben kannst. Überall nur Noten, keine Spielsachen. Ich sitze immer noch auf der Bank vor dem Hauseingang und höre, wie du Dreiklangketten auflöst. Wäre doch auch das Leben so einfach. Subdominante, Dominante, Tonika. Du scheinst mit allem zurechtzukommen, aber ich – absolut gar nicht. Aus irgendeinem Fenster übertönt dich Lorde. Wenigstens Englisch verstehe ich noch gut.

> I've never seen a diamond in the flesh
> I cut my teeth on wedding rings in the movies
> And I'm not proud of my address
> In the torn-up town, no post code envy

Ich betrachte die bröckelnden Fassaden und erinnere mich daran, dass sich am Tag meines Abschieds hier noch Brachflächen erstreckt haben. Ich denke darüber nach, dass man sich nur ins Flugzeug zu setzen braucht und schon vier Stunden später in jener Stadt ist, in der Nabokov seine letzten Jahre verbracht hat. Ich erinnere mich an all die Plätze, die Uferpromenaden und engen Gassen, deren Existenz ich jetzt in Zweifel ziehe. Ich hasse mich. Bescheidenheit ist eine Tugend, die nie meine war. Ich habe immer von etwas Größerem geträumt. Tatsächlich, der Mensch ist die Begierde, mehr zu sein, als er ist.

> And we'll never be royals
> It don't run in our blood
> That kind of luxe just ain't for us
> We crave a different kind of buzz

Zum Glück – zumindest halte ich das damals für Glück – bleibt eines Abends ein Jeep vor dem Hauseingang stehen. Getönte Scheiben, teuer, nagelneu. Aus dem Wagen steigt Kalo.

»Meine Fresse!«, rufe ich verblüfft aus.

»Lew, altes Haus, grüß dich!«

»Hast wohl eine Fuhre Drogen vercheckt?«

»Wo denkst du hin! Du weißt ja – ist nicht mein Ding.«

»Gestohlen, oder was?«

»Nee, das ist meiner ...«

»Deiner – ich fress einen Besen!«

»Ohne Scheiß!«

»Alle Achtung!«

»Aber was machst du hier?«

»Lange Geschichte, Bruder, und du?«

»Musste zum Untersuchungsrichter – ich hab eine Vorladung bekommen.«

»Bezüglich?«

»Sie haben mir mitgeteilt, dass sie die kompletten Gerichtsunterlagen verloren haben. Und dass es deshalb jetzt viel schwieriger sein wird, die Mörder meiner Familie zu finden …«

»Solche Arschlöcher …«

»Kann man wohl sagen … Aber was geht bei dir ab? Was machst du hier, sag mal!«

»Ich sag doch – da gibt's nichts zu erzählen …«

»Hey, komm mit zu mir!«

Wir gehen in Kalos alte Wohnung. Setzen uns ins Wohnzimmer. Schalten die verstaubte Konsole ein und schnappen uns die Joysticks.

»Dann kneif mal deine Hinterbacken zusammen!«

Alles ist wie früher. Nur der Spiegel am Fensterrahmen ist nicht mehr da.

»Wieso verkaufst du diese Wohnung eigentlich nicht?«

»Weiß nicht … Ist ja doch mein Zuhause …«

»Lustig, so was von einem Zigeuner zu hören …
Wie gefällt's dir in Moskau?«
»Ziemlich gut. Zahlt sich aus.«
»Bleibst du länger hier?«
»Nein, nur zwei Tage. Morgen früh geht's zurück. Erzählst du jetzt endlich, was los ist bei dir? Als ich das letzte Mal hier war, hab ich deine Mutter getroffen, die hat gesagt, du hast Familie.«
»Hatte ich.«
»Was ist passiert?«
»Ach, egal. Wir haben uns getrennt. Hab mich mit einer anderen erwischen lassen …«
»Du lässt es ja krachen! Toll!«
»Kann man wohl sagen …«
»Was macht die Arbeit?«
»Hab keine Arbeit, Kalo …«

Kalo drückt auf Pause. Stoppt das Spiel. Sieht mich an.

»Deine Mutter hat gesagt, du arbeitest bei einer Sportzeitung, stimmt das nicht?«
»Doch.«
»Wieso hast du mich nie angerufen?«
»Und du, hast du mich etwa angerufen?«
»Ich hab einen Job für dich, wenn du willst. Fährst du mit nach Moskau?«

»Was für einen Job?«
»Einen guten Job, einen spannenden.«
»Ich hab nicht mal einen Pass.«
»Den machen wir dir, ein Pass ist ein Klacks!«, sagt Kalo und dreht die Musik lauter:

Neunzehneinundneunzig,
    da zerfiel die Union,
Alte Onkels teilten sich
    das Land mit Munition,
Für uns blieben Freiheit
    und gepanschter Wodka,
Acid-washed Jeans
    und ne Soundbox made in China.

PAUSE

Der Regen hält an. Wie ein professioneller Marathonläufer trommelt er gleichmäßig auf das Pflaster. Auf der Straße sind nicht einmal mehr fotografierende Japaner zu sehen. Von Zeit zu Zeit flitzen Krankenwägen mit blinkenden Blaulichtern vorbei, die jedes Kind in ihren Bann gezogen hätten. Die Wägen schauen neu aus, die Farben wirken grell und unnatürlich. Lugano bereitet sich auf eine Überflutung vor. Durch das große Panoramafenster sehe ich die ersten roten Schläuche, durch die Wasser abgepumpt wird. Menschen in erbsgrünen Anzügen türmen Sandsäcke auf. Alles klar, das heutige Konzert wird legendär!

PAUSE

Zum Schluss möchte ich vom Schicksal eines weiteren Menschen erzählen. Ich würde gern von dem Staatsanwalt berichten, dessen selbstvergessener Arbeit wir die Erschießung von über zweihunderttausend Verurteilten verdanken. Natürlich blieb dem Staat der Einsatz eines Bürgers, dem es im Alleingang gelungen war, eine kriminelle Vereinigung dieser Dimension aufzudecken, nicht verborgen. Schon einen Tag nach Vollstreckung des letzten Urteils wurde der Staatsanwalt für eine der höchsten staatlichen Auszeichnungen vorgeschlagen. Auf Wunsch des Imperators wurde ihm der Orden unverzüglich an die Brust gepinnt, unter Verzicht auf jegliche Formalitäten. Auf diese Auszeichnung folgten eine dienstliche Beförderung, mehrere vom Staat ausbezahlte Prämien sowie, dank eines neuen Gesetzes (dessen Initiator rein zufällig der ältere Bruder des Staatsanwalts war), das Recht, sämtlichen Immobilien- und Geldbesitz der Verurteilten zu übernehmen. So wurde ein gewöhnlicher Staatsanwalt an einem einzigen Tag zum gewichtigsten Multimilliardär des Imperiums.

Um keine Steuern zu zahlen, die jetzt ein stattliches Sümmchen ausgemacht hätten, legte sich der Staatsanwalt eine dreihundert Meter lange Jacht zu und verbrachte hundertneunzig Tage im Jahr in neutralen Gewässern, wohin er sich mit einem Privathubschrauber Freunde und Jünglinge, die er sehr liebte, liefern ließ. Obwohl der Staatsanwalt am Tag der letzten Urteilsvollstreckung erst zweiundzwanzig Jahre alt war, beantragte er gesundheitsbedingten Ruhestand, der sofort bewilligt wurde, und wurde vorzeitig Aufsichtsratsmitglied in einem transatlantischen Unternehmen, das er auch bald kaufte. Die ersten Jahre im Ruhestand erschienen dem Staatsanwalt ziemlich aufregend, doch später plagten den jungen Mann Anfälle von Melancholie, und er wollte auf Rat seiner Ärzte seinen Beruf wieder aufnehmen. Er wurde zwar wieder angestellt, aber von seinem Posten auch gleich wieder abberufen, und zwar aus folgendem Grund ...

Am Tag einer live im Fernsehen übertragenen Fragestunde mit dem Imperator erinnerte der Bruder des Staatsanwalts – er saß unter den Gesetzesgebern, die man ins Studio eingeladen hatte – daran, dass genau in dieser Minute das fünfjährige Jubiläum jenes großen Tages gefeiert würde, an dem das Imperium zweihunderttausend Verräter entlarvt und verurteilt habe. Der Imperator lächelte, nickte und erkundigte sich: »Nun, und wie lautet Ihre Frage?« Die Frage lautete: »Wir alle erinnern uns an den großartigen Erfolg des Staatsanwalts, dank dem die schändlichsten ehemaligen Söhne unseres Vaterlandes zur Rechenschaft gezogen worden sind. Aber seltsamerweise widmen wir dem Anwalt, der an jenem Prozess ebenfalls mitgewirkt hat, keinen einzigen Gedanken.« – »Was wollen Sie damit sagen?«, fragte der Imperator. – »Ich möchte lediglich anmerken, Eure Allmächtigkeit, dass unter uns nach wie vor seelenruhig und schadlos ein Mensch weilt, der sich für den Freispruch von zweihunderttausend Verbrechern eingesetzt hat. Er hat nicht nur die Kraft in sich gefunden, sie zu decken, sondern hat sich im Grunde auf ihre Seite gestellt. Denn man kann sich zwar vorstellen, dass ein Mensch einen Übeltäter verteidigt, vielleicht auch zwei, drei oder gar ein Dutzend, aber doch keineswegs Hunderttausende Schufte! Wenn das Böse solche Dimensionen annimmt, dann muss ein ehrlicher, patriotischer Mensch dieses Böse doch zweifellos fühlen. Ich würde so sagen, Eure Allmächtigkeit: Das Böse kann Ihnen in einem, vielleicht sogar in zwei oder drei asozialen Elementen entgehen, aber wenn vor Ihren Augen eine Armee des Bösen ersteht – dann können Sie deren Existenz nicht mehr leugnen. Ich bin fest davon überzeugt, dass die Zuschauer dieser Liveübertragung mir uneingeschränkt zustimmen werden – wir müssen das letzte Scheusal ersticken! Wenn wir ihn heute ruhig leben lassen, wer gibt uns die Garantie, dass er nicht übermorgen eine Armee ebensolcher Verräter um sich schart?« – »Nun, man soll einen Menschen nicht einer Straftat bezichtigen, die er noch nicht begangen hat!«, sprach der Imperator mit herablassendem Lächeln. »Das ist richtig! Das ist absolut richtig, Eure Allmächtigkeit! Da bin ich vollkommen Ihrer Meinung! Nun denn, nachdem man mir bereits das Mikrofon entreißen will, erlaube ich mir, eine einzige, letzte Frage zu stellen: Können wir, einfache Patrioten unseres Landes, darauf hoffen, dass unter diesen Fall, wenn auch mit fünfjähriger Verspätung, ein Schlussstrich gezogen wird?«

Der Imperator setzte sich zurecht, nahm einen Schluck aus einer eigens angewärmten Porzellantasse und merkte an, diese Frage liege außerhalb seiner Kompetenz. Nicht ihm als oberstem Imperator obliege die Entscheidung, ob der Anwalt am Mittag des ersten Juni zur Strecke gebracht werden solle. Wenn den Herrn Gesetzgeber aber nicht seine Meinung als Imperator, sondern als gewöhnlicher, einfacher Bürger interessiere, dann wäre er durchaus dafür, dass der Fall zu Ende gebracht würde …

Am klaren Morgen des ersten Juni wurde der Anwalt mit einem Bein an einen Pfahl gekettet und, nach mehreren Stunden Vorbereitung, während derer er sich erfolglos loszureißen versucht hatte, zu Tode gebracht.

Zuerst ließ man zwei Dackel in die Grube. Die Jagdhunde stürzten sich auf den Anwalt. Sie bissen ihn in Beine und Arme, mit denen sich der Mann in den ersten Minuten noch zu wehren versuchte. Das Fernsehpublikum konnte live mitverfolgen, wie der Mensch panisch versuchte, mit den beiden scheinbar harmlosen Hunden fertigzuwerden. Dabei waren die Dackel perfekt dressiert, und ihre Reißzähne drangen jedes Mal tief unter die Haut. Die Hunde knurrten, aus den zerbissenen Armen des Verurteilten strömte das Blut. Nach diesem Warm-up stürmten vier Bullterrier in die Grube. Das speziell geschulte Quartett, dessen Kiefer sich nur mit Einsatz hydraulischer Geräte aufstemmen ließen, sollte sich in die Extremitäten verbeißen und so den Anwalt vor dem Einsatz der Mastiffs endgültig lähmen. Leider passierte ein Zwischenfall. Während die ersten drei Hündinnen ihre Aufgabe tadellos erfüllten, indem sie sich in die Beine und den rechten Arm verbissen, zerriss der vierte Bullterrier dem Anwalt die Gurgel. Der Mann verlor eine enorme Menge Blut und war bereits eine Minute später bewusstlos. Der Regisseur der Livesendung schob eine Werbepause ein, während derer es den Ärzten jedoch nicht gelang, den Verurteilten wiederzubeleben. Folglich zerfetzten die Mastiffs, die als Letzte in die Grube durften, zum großen Bedauern von Fernsehpublikum und Programmleitern einen bereits leblosen Körper. Unter den Fall des letzten Staatsverräters wurde ganz routiniert ein Schlussstrich gezogen.

PAUSE

Vor dem Stadion tummeln sich ein paar Dutzend Journalisten. Das Klicken der Fotoapparate vermischt sich mit dem Geschrei der Menge. Die Ankömmlinge sind größtenteils gut gelaunt. Als Fußballer würde Slawin bestimmt nicht so viel Aufmerksamkeit erregen, aber die Story, wie er zum professionellen Fußball kam, ist heiß!

Genau wie die Journalisten mustern auch die Klubkollegen Alexander mit einem Lächeln. Schon während des Aufwärmens, noch bevor das Trainingsspiel beginnt, wird klar, dass der Neue mit dem Niveau des professionellen Klubs nicht mithalten kann. Slawin junior ist langsam, hat den Ball nicht unter Kontrolle, schafft es nur mit Mühe durch die Hindernisse und schießt viel schwächer als die anderen aufs Tor. Der Torhüter muss sich nicht anstrengen, seine eiernden, eher zufällig abgefeuerten Geschosse zu fangen. »Macht nichts«, beruhigt sich Sascha, »schließlich bin ich Verteidiger, wir werden schon sehen, wer der Stärkere ist.«

Wer der Stärkere ist, sehen sie schon eine Stunde später. Der Cheftrainer teilt den Klub in zwei Mannschaften auf. Die mit den Westen, bei denen Sascha spielt, verlieren die erste Halbzeit mit null zu sechs. Alle sechs Tore wurden über den Neuen gespielt. Natürlich schikanieren ihn die Kollegen.

Sie gängeln ihn, drängen ihn ab, schießen ihm mehrmals beim Angriff zwischen den Beinen durch. Nach dem fünften Tor, das durch Slawins Verschulden zustande kommt, brechen die russischen Spieler der Mannschaft in lautes Gelächter aus. Die Legionäre verstehen nicht ganz, was da abgeht, und spielen weiter.

Sascha betritt als Letzter den Umkleideraum. Während sie sich ausziehen, brummeln die russischen Spieler, aber so, dass er es hören kann: »Schwächling«, »Waschlappen«, »Bonze«, »Muttersöhnchen«. Was Sascha in nur wenigen Sekunden hört, reicht aus, ihm die Lust auf Fußball für immer auszutreiben. Die Ausländer sind zurückhaltender. Einer von ihnen, ein mittelgroßer Spieler, geht auf ihn zu, hält ihm eine Wasserflasche hin, setzt sich zu ihm und sagt auf Französisch:

»Du verstehst doch Französisch, oder?«

»Ja.«

»Stimmt es, dass dein Vater dich in der Kernmannschaft aufstellen will?«

»Hat er gesagt, ja.«

»Hör mal, ich hab großen Respekt vor deinem Vater. Er ist ein großzügiger Mensch, macht alles für den Klub, hat viel für uns getan. Aber wenn du wirklich vorhast, aufs Feld rauszugehen – ich warne dich, ich trete dich kaputt.«

»Ich hab doch gesagt, ich bau keinen Mist!«

»Du magst vielleicht ein netter Kerl sein – keine Ahnung, wir können gerne mal zusammen einen Ball über die Wiese kicken, aber ich wiederhole: Wenn du dich noch einmal hier blicken lässt – dann leg ich dich höchstpersönlich um. Dann mach ich dich fertig, und dann ist mir komplett scheißegal, wer dein Herr Papa ist und welcher teuerste Sportchirurg der Welt dein Beinchen wieder zusammenflicken wird. Verstehst du, was ich meine?«

»Ja.«

»Dann ist es ja gut, mein Freund! Schönen Abend!«

Sascha streift die Weste ab und schleudert sie auf den Boden. Er zieht T-Shirt und Shorts aus. Wirft die Schienbeinschoner hin. Aus der Dusche hört man gut gelaunte Stimmen. Verschwitzte Trikots liegen über die ganze Umkleide verstreut. Die Spieler packen schnell ihre Sachen zusammen, verabschieden sich voneinander, aber nicht von ihm. Als niemand mehr da ist, zieht sich Sascha, anstatt zu duschen, wieder an und geht aufs Feld hinaus. Er bittet das Personal um ein Netz voller Bälle und wummert sie eine Stunde lang in die Tore.

»Alexander! Alexander! Könnten Sie mal herkommen?«

Vom Zaun ruft ein junger Typ herüber. Alle Journalisten sind längst weg, nur der hier hat offenbar ernsthaft vor, einen Kommentar zu ergattern.

»Was wollen Sie denn?«
»Guten Tag! Ich heiße Anton, Anton Quint. Sie sind hier so streng bewacht, dass man Ihnen nicht mal die Hand geben kann. Hätte nie gedacht, dass Fußballer genauso behütet werden wie der Patriarch. Aber klar, ihr seid fast Götter!«
»Was brauchen Sie von mir?«
»Ich möchte mit Ihnen über Ihren Vater sprechen, generell über Ihre Familie.«
»Wie, haben Sie gesagt, heißen Sie?«
»Quint, Anton Quint.«
»Moment mal, Sie sind doch der, der über uns geschrieben hat?«
»Ja, genau, der bin ich. Ich würde schon lange gern mit Ihrem Herrn Papa sprechen, aber der ist so beschäftigt damit, den Patriotismus der Bevölkerung zu befeuern, dass er keine Zeit hat für eine Unterhaltung mit mir. Er meint, ich vertrete nicht das richtige Blatt. Findet, ich sprenge die Grundpfeiler seiner Heimat – was ziemlich seltsam ist, da

man meine Artikel in Frankreich ja gar nicht liest. Ich hab gedacht, vielleicht haben Sie einen Moment Zeit für mich?«

»Ohne Genehmigung des Klubs kann ich Ihnen kein Interview geben.«

»Ach, hören Sie doch auf! Wer fragt denn hier nach Ihnen? Wir wissen doch alle, was hier läuft! Ich kann Ihnen versichern, dass mich weder Fußball noch Ihr Klub interessieren. Aber ich würde liebend gern über Ihre Familie sprechen. Ich finde Leute wie Sie einfach extrem spannend. Wir können das auch jetzt gleich machen.«

»Jetzt gleich muss ich weiter Tore ballern.«

»Ich kann auf Sie warten.«

»Ich will nicht mit Ihnen reden – Sie sind ein Rüpel.«

»Besser Rüpel als Vatersöhnchen!«

»Wieso besser. Besser ist, weder das eine noch das andere zu sein.«

»Haben Sie Angst, zu viel zu erzählen?«

»Ich habe Angst, mich in Sie zu verlieben.«

»Also, reden wir?«

»Nein, verpissen Sie sich!«

PAUSE

Zentner kam ein paarmal an unseren Tisch, um mich zu erinnern, dass das Konzert bald beginnen würde. Ich verscheuchte ihn wie eine Fliege und hörte meinem Bruder weiter zu:

Sobald wir aus Petersburg draußen sind, beginnt Kalo, von dem Job zu erzählen:
»Wie bist du überhaupt politisch eingestellt?«
»Ist mir irgendwie latte …«
»Sehr schön, aber checkst du so ungefähr, wer für wen ist?«
»Ich glaub schon …«

Kalo warnt mich, dass viel zu tun sein wird.
»Der Markt wächst ständig. Du siehst doch fern, oder? Junge Patrioten haben hier eine Aktion gestartet, junge Patrioten haben da ein Banner aufgehängt. Dabei machen die jungen Patrioten von selbst gar nichts – die jungen Patrioten muss man dirigieren. Jeden Tag kommen neue Aufträge rein. Leute, die fähig sind, diese Aufträge adäquat anzunehmen und durchzuführen, gibt es fast keine. Die alten Player schaffen nicht mehr alles, die neuen sind erschreckend dumm und eindimensional. Es gibt nur ganz wenige Stellen, die halbwegs gute Qualität liefern, und eine davon ist unsere.«

»Ich blicke noch nicht so recht durch, Kalo.«

»Stell dir vor: Eine Figur taucht auf, eine Figur, die aufgrund ihres Berufs oder ihrer Dummheit wichtigen Leuten ans Bein pinkelt, in die Quere kommt. So jemanden muss man unter Druck setzen, ihm erklären, dass er sich ein bisschen übernommen hat. Was haben sie früher in solchen Situationen gemacht? Verhöre, Druck, Unterredungen – und der Mensch war verschwunden. Manchmal, wenn so einer ernsthaft Probleme machte, haben sie ihn auch weggeräumt. Methoden gibt's da mehrere: ein Lkw an der Kreuzung, eine Kugel in den Kopf, Gift, ein Sturz aus einem vergitterten Fenster während eines Verhörs. Jetzt sind eher Grasfresserzeiten, ohne besondere Notwendigkeit oder fatale Interessenkollisionen legt man niemanden um. Es kann natürlich vorkommen, aber meistens versuchen wir's auf die sanfte Tour: die Nieren zerkloppen, ein paar Finger brechen. Im Grunde machen wir alles, wenn's sein muss, aber spezialisiert sind wir auf andere Sachen.«

»Worauf denn genau, Kalo?«

»Plus minus auf Heimatliebe.«

»Wie sieht das aus?«

»Wir schaffen alle aus dem Weg, die die Heimat nicht lieben. Das geht so: Wenn einer dem Land (beziehungsweise seinen mächtigen Vertretern) die

Suppe versalzt – dann wird er in die Mangel genommen. Wird gequetscht wie ein Pickel. Was braucht man dazu? Zuallererst klopft man vorsichtig beim Boss an: Gestatten Sie, dass wir uns drum kümmern! Wenn's gestattet ist, kümmern wir uns. Bosse gibt es viele, zu tun ist genug. Dann muss man Medienberichte und kompromittierendes Material vorbereiten, Verhöre und Strafverfahren. Wir arbeiten ›schlüsselfertig‹ – ziehen von allen Seiten die Schrauben an. Verstehst du überhaupt, wovon ich rede?«

»Na ja …«

»Jedenfalls, Leute gibt's viele, Interessen gibt's viele – Aufträge gibt's genug. Diversester Art. Wir lassen Theateraufführungen platzen, posten bescheuerte Hasskommentare im Netz. Sollen wir jemanden zur Sau machen – bitte sehr, schon ist seine Visage auf einem Plakat mit Vaterlandsverrätern. Nimm aber das Ganze bloß nicht zu ernst. Ist alles nur wie ein Computerspiel, klar?«

»Na ja … noch … Wie bist du überhaupt da reingekommen?«

»Über Onkel Wolodja.«

»Wann war das?«

»Na, damals, nach der Schule …«

»Ist das sein Business?«

»Nur ein Nebengeschäft. Das schafft ihm etliche

Probleme vom Hals. Und ich bin sein Manager. Die Nachfrage nach so was ist jetzt groß, verstehst du?«
»Nach was genau?«
»Nach Segregation, Lew, nach Segregation.«
»Was meinst du damit?«

Die ersten Wochen ist Kalo mein Boss. Er führt mich in die Materie ein, erklärt mir die Feinheiten, hilft mir bei Prüfungsaufgaben. Kalo hat keine Geheimnisse vor mir, und als ich ihn frage, was er früher gemacht hat, antwortet er ruhig, er habe schon als Schüler Onkel Wolodja geholfen, Probleme zu lösen.
»Welche?«
»Verschieden.«
»Wozu?«
»Onkel Wolodja hat versprochen, die Mörder zu finden. Er ist in Moskau eine Respektsperson. Hat längst von sich reden gemacht.«
»Womit denn?«
»Einfach so! Er hat Ideen! Erstens hat er eine tolle Methode zur Geldwäsche erfunden, ich erzähl dir mal bei Gelegenheit davon. Zweitens ist er auf einen absolut genialen Trick gekommen, Häuser klarzumachen.«
»Wie meinst du, klarmachen?«
»Plündern natürlich.«

»Was kann am Plündern genial sein?«

»Mit seinem mathematischen Verständnis hat Onkel Wolodja die Plünderungen optimiert. Niemand will eine einzelne Wohnung ausrauben, selbst wenn es eine Luxushütte voller Geld ist. Du siehst doch bestimmt auch ein, dass es viel mehr hermacht, gleich fünf oder zehn Wohnungen auf einmal zu knacken. Aber wie trägt man das alles aus einem Haus voller Kameras und mit einem Pförtner hinaus? Die Bullen drücken gern auch beide Augen zu, aber wie bringt man rein physisch die ganze Beute raus? Übers Dach, durch die Fenster, durch das Treppenhaus? Alles nicht ideal! Onkel Wolodja hat eine Methode entwickelt, die in Russland bis heute angewandt wird.«

»Nämlich?«

»Nur mit der Ruhe. Er mietet eine Wohnung in einem Luxus-Apartmenthaus. Die Diebe ziehen ein halbes Jahr vor der geplanten Plünderung ein. Eine ganze Weile lang leben sie im Haus, sehen sich die Nachbarn genau an, lernen sie kennen und so weiter. In der Silvesternacht oder an anderen Feiertagen, wenn die Mehrheit der Hausbewohner in die Ferien fliegt, starten Onkel Wolodjas Männer ihren Raubzug. Die Türen aufbrechen und alle Wohnungen plündern, bevor der Wachdienst da ist – kein Problem. Viel schwieriger ist es, das Erbeutete rasch hinauszuschaffen! Und was machen die Jungs? Erst mal machen sie auch die eigene Wohnung klar, und dann verstecken sie das Diebesgut in speziell in der Wohnung eingebauten Geheimfächern. Zehn Minuten später, wenn die Bullen angefahren kommen, sind die Apartments zwar ausgeraubt, aber alle Außenkameras zeigen, dass niemand ins Haus hinein- oder aus dem Haus herausgekommen ist. Die Indoor-Kameras sind kaputt. Die Concierge ist entsetzt, die Bullen freuen sich, weil sie von Onkel Wolodja einen Anteil kassieren. Es juckt sie nicht, dass da jemand beklaut wird, das Einzige, worauf sie schauen, ist, dass die Räuber alles perfekt erledigen, damit sie nicht auffliegen. Sich blöd stellen und so tun, als wären sie nicht in der Lage, den Fall zu lösen – das können die Bullen gut. Und nach einem halben Jahr zieht Onkel Wolodjas Truppe aus und in ein neues Haus.«

»Aber das sind ja dann nur zwei Plünderungen im Jahr?«

»Erstens bringt jede derartige Aktion mehrere Millionen Dollar. Zweitens arbeitet Onkel Wolodja mit drei Teams gleichzeitig.«

»Und damit ist er so einflussreich geworden?«

»Nein, natürlich nicht! Das ist nur einer seiner Tricks.«

Meine ersten Aufgaben sind denkbar einfach. Das erste halbe Jahr fühlt sich an wie ein Einführungskurs. Wenn irgendein bekannter Oppositioneller etwas im Netz postet, stürze ich mich auf ihn – von Hunderten von mir verwalteten Accounts aus. Ich muss nichts tun, außer eine negative Stimmung schaffen und, wenn möglich, den Urheber zu einem Geplänkel herausfordern. Ich schreibe, dass der Verfasser des Posts ein käufliches Schwein ist, dass er vom Geld anderer Staaten lebt und sich nicht aus den transatlantischen Konsulaten heraustraut. Manchmal steckt man mir pikante Fakten zu, die ich sofort nutze. Im Informationskrieg sind alle Mittel heilig. Wenn man einen zur Schnecke machen will, dann mit Bomben und Granaten!

Was auch immer im Land passiert, wie sehr die Staatsmacht auch pfuscht, meine Kommentare stellen klar, dass an allem die USA schuld sind. Das ist auch schon das ganze Leitmotiv meines Jobs. Kein Knochenjob, sondern – seien wir ehrlich – Pipifax. Amerika ist die Rechtfertigung für alles Übel der Welt. Ganz egal, ob sich die Tragödie in Murmansk oder Jekaterinburg abspielt – an allem sind nur die verdammten Scheißamis schuld. In einem Geburtshaus bei Tula fressen Ratten ein Baby, in Kasan vergewaltigt ein Polizist einen Häftling mit einer Flasche – wer ist schuld? Natürlich Amerika! Was wir hier verkacken, verscheißen die da drüben! Der Hass auf die Staaten ist mein einziges und wirksamstes Argument. Schon in den ersten Wochen ist mir klar, dass es nicht darum geht, ausgewogen und vernünftig zu schreiben – mein Auftrag lautet: hitzköpfig und gnadenlos.

Ich kommentiere Blogs, Kolumnen, Zeitungsartikel. Im Unterschied zu anderen, kleineren Trollen bekomme ich in der ersten Zeit keine konkreten Aufgaben. Keine vorgegebenen Themen, keine Schlüsselwörter, die ich verwenden muss. Kalo kontrolliert und korrigiert mich. Er übt in keinster Weise Druck aus, bereinigt nur die kleinen Anfängerfehler. Ich spüre – Kalo ist froh über meinen Transfer.

Recht schnell ist mir klar, was man von mir erwartet. Ein Vorstoß entlang der Seitenlinie, dann Finte und Flanke in den Strafraum – alles Weitere übernehmen die anderen. Unsere Fans erwarten kein Ergebnis, sondern schöne Tore, keine stichhaltigen Fakten, sondern die aufrichtige Überzeugung, im Recht zu sein. Ich kann vollkommenen Schwachsinn schreiben, solange Kalo hinter den Texten, die ich produziere, einen flammenden Patrioten sieht. Das habe ich schnell raus. Lew Smyslow übernimmt im fliegenden Wechsel. In meine Kommentare baue ich absichtlich Grammatikfehler ein, und das gefällt dem Trainerstab. Ich bin unlogisch, und das gibt mir recht. Russland ist ein Land, in dem die Mehrheit nur Lügen glauben will.

Es wäre nicht ehrlich, Kleiner, wenn ich sagen würde, die Arbeit hätte mir nicht gefallen. Nein, das wäre gelogen. Nach meinem Redakteursposten ist das alles ziemlich einfach und unterhaltsam obendrein. Das ist, wie die Dicke in der Klasse fertigzumachen. Eigentlich ist sie dir scheißegal, im Grunde deines Herzens weißt du sogar, dass es gemein ist, Fettsäcke zu mobben, aber weil es so lustig ist, machst du weiter. Verwerflich? Ja, vielleicht verwerflich, aber na und? Das Mädchen haben alle bald vergessen, die Klasse findet schnell ein neues Opfer, aber dich behalten sie in Erinnerung als obercoolen Macker. Nicht persönlich nehmen – Professionalität ist im Business das Wichtigste.

Ob ich damals ein schlechtes Gewissen hatte? Nein, keine Spur. Es gibt keine Engel. Die Leute, die ich in der Mangel habe, sind genauso voller Scheiße wie ich selber. Der einzige Unterschied ist, dass ich als Erster den Auftrag gekriegt habe. Wenn sie wollen, können sie mich genauso trollen und drangsalieren – das macht mir nichts aus und meiner Familie ja auch nicht.

Mit diesem relativ harmlosen Job verbringe ich ein paar Monate – schreibe lauter Mist über irgendwelche Leute. Viele, das kannst du mir glauben, könnten mir dafür sogar dankbar sein: Zwei Journalisten erhalten durch meine Arbeit ein Aufenthaltsrecht in den Staaten.

Also, lauter Kinderkram. Hauptsache, ich lege mich ins Zeug, und eines Tages teilt Kalo mir mit, dass Onkel Wolodja mich in den Wald einlädt. Zu der Zeit bin ich schon Drehbuchautor und Regisseur einiger Mini-Operationen: Ich lasse einer Menschenrechtsaktivistin einen Beerdigungskranz vor die Tür legen, plane die Sabotage einer Theateraufführung und inszeniere einen Angriff auf einen regierungstreuen Abgeordneten. Alles erledige ich tadellos.

Im Wald geht es hemdsärmelig zu. Keine Villen und Chalets – Onkel Wolodja verachtet diese Dinge –, nur ein stinknormales Zelt. Wichtige Verhandlungen mit Auftraggebern finden unter einer Plane statt, die sie hundert Meter von einer Grube entfernt wie ein Dach aufspannen. Schlüsselentscheidungen werden natürlich ohne uns getroffen. Mehr noch, wenn Onkel Wolodja mit jemandem spricht, dann immer unter vier Augen – wir erhaschen nie einen Blick in die Gesichter jener, die hierherkommen.

Ich erinnere mich gut an jenen Mittag, als ich das erste Mal an der Grube stehe. Mit einer Tatze an den Pfahl gekettet, liegt da ein toter Bär. Ich betrachte die Blutlache und höre Kalo aufmerksam zu:

»Heute lädt uns Onkel Wolodja zu einem Gespräch ein. Setz dich einfach dazu, und sperr die Ohren auf, okay?«

»Okay, Bruder, okay.«

PAUSE

Alexander entspricht nicht den Anforderungen. Es hagelt Kritik. Die Mannschaft spottet über ihn. »Pass! Pass! Pass!« Jedes Mal, wenn er den Ball berührt, wird gegrinst, gejohlt und geseufzt. Sogar wenn er präzise schießt, finden seine Kollegen, dass der Pass zu langsam war. »Zurück! Zurück! Zurück!« Sascha wird von Verteidigern genauso angeschrien wie von Mittelfeldspielern. »Schnell! Schnell! Schnell!« Die Stürmer beschweren sich ständig, dass er das Spiel bremst. »Mach schon! Tempo, Tempo!«

Gleich beim ersten Training nach dem Gespräch in der Garderobe attackiert ihn der französische Legionär wie angekündigt mit voller Wucht. Der durchtrainierte Fußballer trifft mitten in ein Nervengeflecht. Sascha überschlägt sich und landet auf dem Rasen. Er sieht einen Blitz, und unwillkürlich entfährt ihm ein Schrei. Er krümmt sich, verbeißt sich im Gras, doch der Trainer bricht das Match nicht ab. Keiner hilft dem Verletzten. Sascha hebt die Hand, um zu zeigen, dass er Hilfe braucht, aber die Mannschaftsärzte bleiben auf der Bank sitzen.

Einfache Millionäre. Saschas Mitspieler haben teure Autos und Häuser im Grünen, aber jeder hat sein Kuptschino im Rücken. Denen jagt man mit einem reichen Vater keine Angst ein. Notfalls spucken sie dem Klubbesitzer ins Gesicht und lassen sich von ihren Agenten in eine neue Mannschaft überstellen. Sascha steht mühsam auf und kehrt mit schmerzverzerrtem Gesicht ins Spiel zurück. Er bettelt um einen Pass, aber die Mitspieler ignorieren ihn. Außerdem wird er jetzt nicht mehr nur von dem Franzosen angegriffen. Sie rempeln ihn mit den Ellbogen, drängeln, versuchen, sein schmerzendes Bein zu treffen. Er strengt sich an, den Ball zu erwischen, geht auf Konfrontation, grätscht dazwischen, aber damit macht er sich nur noch lächerlicher. Kaum spielt Sascha selber so brutal, stoppt der Trainer das Spiel und jagt ihn vom Feld:

»So geht man mit Kollegen nicht um! Du hast Pause!«

PAUSE

Am Abend sitzen wir am Lagerfeuer. Kalo stochert in der Glut, Onkel Wolodja sieht ins Feuer und sagt ruhig:

»Wenn auf den Schienen plötzlich ein Mensch auftaucht, bleibt der Zug nicht stehen – bei einer Notbremsung können in den Waggons Dutzende oder gar Hunderte Passagiere umkommen. In so einem Moment darf man nicht an den einen auf den Schienen denken, sondern muss auf die Kinder schauen, die im Zug sitzen, versteht ihr?«

»Wozu jetzt dieses Pathos, Onkel Wolodja?«

»Lass mich mal entscheiden, Zigeunerjunge, was Dreck ist und was nicht, okay?«

»Okay, wir sind einfach gespannt, worum es geht.«

»Gut, wenn ihr bereit seid, sehr gut. Also. Es gibt da einen Journalisten – ein guter Mann, keine Flirts mit dem Machtapparat. Schreibt anständig. Von Zeit zu Zeit versucht er sich in der Literatur, bringt Erzählungen heraus. Also, eigentlich kein übler Bursche, nur hat er vor Kurzem angefangen, gegen mich zu intrigieren. Hat sich etwas zu viel vorgenommen, der Rotzlöffel. Gräbt wie ein Maulwurf. Erstellt Grafiken, gibt genaue Adressen bekannt. Findet kubikmeterweise Kohle, der Lump.«

»Wissen Sie, wer hinter ihm steht?«

»Das ist es ja, wie's aussieht, niemand.«

»Aber woher hat er die Infos?«

»Weiß der Geier. Wenn ihr das rauskriegt – ich wär euch sehr verbunden. Wie dem auch sei, er ist mittlerweile komplett übergeschnappt. Ballert gegen mich wie aus einem Maschinengewehr. Was er mir bisher nachgewiesen hat, kann ich vertuschen, aber eine Fortsetzung kann ich nicht gebrauchen. Dem Kleinen muss jemand das Maul stopfen. Burschen, ich hab euch noch nie um etwas so Persönliches gebeten, aber das da ist eine ernste Sache. Also, ich möchte euch bitten, ihn loszuwerden, sonst sind wir bald selber im Arsch.«

»Wie meinen Sie das, Onkel Wolodja?«

»Was verstehst du da nicht, Schwarzer?«

»Ich meine, was heißt loswerden? Ihn umbringen?!«

»Also wirklich, bist du in den Neunzigern steckengeblieben? Wieso denn gleich umbringen? Hab ich denn jemals wen umgebracht? Hast du je gehört, dass Slawin jemanden weggeräumt hätte? Mein Ruf ist mir viel wert! Hab ich etwa gesagt: Legt ihn um? Im Übrigen hab ich mich mein Leben lang mit Wissenschaft und Kunst beschäftigt und nicht Leute sekkiert. Ich will einfach nur, dass er das Maul hält. Was verstehst du da nicht?«

»Wie, das Maul hält, Onkel Wolodja?«

»Er soll auswandern!«

»Aber er kann ja auch von dort aus schreiben.«

»Das hat dann aber keine Macht mehr. Wenn ich hier bin und er dort – dann ist das leeres Gewäsch! Leuten, die im Ausland schreiben, glaubt sowieso niemand. Die gelten doch sofort als Verräter. Ich für meinen Teil bin bereit, euch mit allem zu helfen, was ihr braucht.«

»Aber wie kriegen wir ihn dazu?«

»Hör mal, wozu hab ich dich hierher mitgenommen? Damit du mir lauter solche Fragen stellst? Wozu brauch ich einen, der mir Fragen stellt? Wenn du es nicht draufhast, dann lassen wir das, und ich such mir einen von der Konkurrenz. Wenn wir nicht einmal fähig sind, so elementare Dinge zu erledigen, wozu dann das Ganze? Wozu unser neues Büro, wozu Trolle auf fünf Etagen? Vielleicht hab ich dich ja falsch eingeschätzt, hm? Und wenn so ein Auftrag von ganz oben kommen würde – würdest du mir dann auch diese ganzen Fragen stellen?«

»Vielleicht jagen wir ihm einfach mal Angst ein?«

»Ich sag doch: Mach, was du willst. Wichtig ist, dass alles still und leise passiert.«

Ich schweige. Höre Onkel Wolodja aufmerksam zu. Kalo hat mir aufgetragen, nicht dazwischenzufunken, und bis auf Weiteres höre ich auf ihn.

»Wir machen ihm das Leben zur Hölle!«

»Gibst du ihm einen zweiten russischen Pass, oder was?«

»Nein, im Ernst! Wenn wir wollen, dass er auswandert, dann müssen wir nur dafür sorgen, dass sein Leben hier unerträglich wird.«

»Willst du dafür sorgen, dass er ständig ins öffentliche Krankenhaus muss?«

»Ich weiß noch nicht, geben Sie mir ein paar Tage!«

PAUSE

Anton sitzt am Bettchen. Die Kleine schläft. Arina kommt ins Kinderzimmer, sieht mit einem Lächeln ihren Mann an und sagt leise:

»Was machst du hier?«

»Ich arbeite, habe ein paar Dokumente reinbekommen.«

»Wieder ein investigativer Bericht?«

»So was in der Richtung, ja.«

»Denkst du daran, dass du jetzt eine Tochter hast?«

»Da ist nichts dabei, keine Sorge.«

»Wieso sitzt du hier drin? Du verdirbst dir ja die Augen.«

»Weiß nicht, ich will ein bisschen bei unserem Engelchen sein.«

»Ich habe übrigens die Fragmente der Dystopie gelesen, die du mir geschickt hast ...«

»Und? Noch ziemlich roh, oder?«

»Du weißt ja, was für eine blauäugige Frau du hast – ich verstehe nichts davon, aber mir gefällt's.«

»Irgendwann muss ich mir die Zeit nehmen, das fertig zu schreiben, ja ...«

»Wird mein Mann dann Schriftsteller?«

»Wenn du bereit dazu bist, dass dein Mann kein Geld mehr verdient?«

»Ich bin bereit.«

»Dann vielleicht, ja.«

»Mama möchte morgen kommen und Nastja sehen, hast du was dagegen?«

»Natürlich nicht, von mir aus sehr gern! Ich habe sowieso in der Redaktion zu tun.«

»Anton, ich wollte mit dir darüber sprechen ...«

»Über deine Mutter?«

»Ich mein's ernst. Hör mal, du musst jetzt vorsichtiger sein. Ich mache mir Sorgen um uns.«

»Nicht nötig, meine Liebe, dein Mann ist der größte Feigling auf Erden! Ich würde nichts tun, was ernsthafte Folgen nach sich zieht.«

»Kann man in diesem Land denn erahnen, was ernsthafte Folgen nach sich zieht?«

»Natürlich kann man das! Nenne keine Namen, zeige keine Konten.«

»Sehr witzig! Das ist genau das, was du derzeit tust.«

»Ich bin vorsichtig, wirklich!«

»Ach ja? Genauso wie deine Kollegen? Anton, für eure Zeitung kann man einen eigenen Friedhof aufmachen!«

»Red keinen Unsinn.«

»Wie viele tote Journalisten habt ihr schon?«

»Vier ...«

»Und die haben ihren Frauen nicht dasselbe gesagt?«

»Nur drei von ihnen, eine hatte, wie du dich erinnern kannst, einen Mann.«

»Anton, ich bitte dich, führ ein ernstes Gespräch mit mir!«

»Aber worüber? Alles wird gut!«

»Das eine ist es, die Staatsmacht zu kritisieren, aber etwas ganz anderes ist es, wenn du Adressen und Zahlen veröffentlichst.«

»So viel Gas geb ich ja nicht, keine Sorge!«

»Anton!«

»Was heißt, Anton? Was reitest du so darauf herum?«

»Ich reite nicht darauf herum! Ich mache mir Sorgen!«

»Ja, über was denn! Ich sag dir doch, alles ist in Ordnung!«

»Ich verstehe überhaupt nicht, für wen du das Ganze …«

»Was heißt, für wen? Für die Menschen, Arina!«

»Du sagst doch selbst immer, dass den Menschen in diesem Land alles scheißegal ist.«

»Der Mehrheit, ja, aber es gibt auch welche, die noch wissen, was das Wort Wahrheit bedeutet.«

»Hast du nicht selbst gesagt, dass das hier das Land mit dem größten Magen des Universums ist? Hast nicht du gesagt, es gibt keine Nachrichten, die dieses Land nicht verdauen kann? Dass man diese Gourmets mit nichts mehr hinter dem Ofen hervorlocken kann?«

»Ich hätte nie gedacht, dass du so ernst nimmst, was ich sage.«

»Ich mache gerade keine Witze, Anton!«

»Ich ja auch nicht ... Hör mal, ich bin auf eine ergiebige Quelle gestoßen. Diese Informationen liegen nur mir vor. Das ist alles ein unglaubliches Glück, ein Geschenk des Himmels! In diesem Ordner sind unglaubliche Fakten! Von all dem kann man nur träumen, und auf keinen Fall darf man darüber schweigen! Die Leute, die dem pathetischen Patriotismus dieses Slawin auf den Leim gehen, müssen wissen, wie und wo er wohnt. Bei diesen Dokumenten geht es nicht um meine Entscheidung, da geht es nicht darum, ob ich sie publizieren will oder nicht, sondern darum, dass ich verpflichtet bin, das zu veröffentlichen. Das ist mein Beruf! Der Arzt muss behandeln, und ich muss publizieren. Wenn ein Feuerwehrmann ein brennendes Haus betritt, dann bespricht er ja auch nicht mit seiner Frau die Sinnhaftigkeit seines Vorgehens, oder?«

»Unser Haus ist längst abgebrannt!«

»Schade, dass dich unser Ex-Premier nicht hört – der hätte was zu lachen.«

»Manchmal verstehe ich dich nicht. Kannst du

nicht eine Minute lang aufhören zu witzeln? Ist dir tatsächlich nicht klar, wie das alles enden kann?«

»Meine Liebe, ich glaube, du solltest dich beruhigen. Wenn es Grund zur Sorge gibt, sage ich dir rechtzeitig Bescheid. Sieh zu, dass du nicht überall Geister siehst wie eine Figur aus einer Tschechow-Novelle. In diesem Land ist es gefährlich, über Wurstbudenbesitzer zu schreiben – die können einen wirklich umlegen. Aber über Slawin zu schreiben, ist harmlos. Ich glaube, der würde uns eher eins seiner Häuser in Frankreich schenken, als mich zu verfolgen. Komm lieber her, gib mir einen Kuss.«

PAUSE

Episode

Eine Episode (Einschub) tritt häufig im Seitensatz auf.
In diesem Teil erfahren wir, wie die Jagd beginnt.

Lew wacht auf. Von seinem eigenen Schrei. Im Schlaf löst sich die Stimme scheinbar auf. Er hört nur noch einen Nachhall, daher glaubt er, nur kurz geschrien zu haben – dabei hat er schon eine ganze Weile gestöhnt. Seine Hände sind feucht, das Gesicht auch. Einatmen – ausatmen, einatmen – ausatmen, einatmen – ausatmen. Eine entsetzte menschliche Dampflok. Lew schließt und öffnet die Augen, versucht, im dunklen Zimmer etwas zu erkennen. Streckt sich nach dem Wasserglas.

Der Traum ist nicht neu. Er läuft langsam ab, verschwommen, zähflüssig. Ein Fenster, Hände, ein fallendes kleines Mädchen. Lew hat diesen Albtraum seit Tagen. Das Grausigste ist der dumpfe Aufprall. Der unbeschreibliche, unerträgliche Ton, der beim Aufschlagen des Mädchenkörpers auf dem Bürgersteig erklingt. Hart und gleichzeitig stumpf. Leise, aber fürchterlich. Ein inhaltsloser, leerer, rauschender Ton. Puff-ffff. Schnell, klar, schlaff, wie ein missglücktes Schnippen mit feuchten Fingern. Lew träumt, dass sich nach dem Aufprall der Kopf der Tochter abtrennt und wie ein mit roter Ölfarbe verschmierter Gummiball auf und ab hüpft. In der nächsten Episode des Traums ist die Tochter zum Glück wieder am Leben. Sie liegt auf dem Bürgersteig, zappelt mit den Beinen, lächelt, aber als Lew sie auf den Arm nimmt, zerfließt sie ihm zwischen den Fingern, als würde sie schmelzen. Lew macht dumme, unbeholfene Versuche, sie zurückzuhalten, aber vergeblich – in seinen Handflächen bleibt nur klebrige, sich auflösende Haut zurück. Augen, Mund, Ohren tropfen wie aufgetautes Eis auf den Asphalt. Lew sieht an sich herunter und begreift, dass er ganz mit dem klebrigen Zeug besudelt ist. Er versucht, sein weißes Hemd abzuwischen, aber so verteilt er die Kleine nur noch mehr an sich selbst. Er spürt ihre Finger, Knochen, Nägel.

Nachdem Lew aufgewacht ist, bedeckt er das Gesicht mit den Händen und atmet schwer. Vor seinem Blick ziehen immer wieder Bilder aus dem Traum vorüber. Der springende Ball mit dem Gesicht, der zerschmetterte kleine Körper. In solchen Fällen beruhigt man sich normalerweise, indem man sich bewusst macht, dass es ein Albtraum war, aber Lew schnürt es die Kehle zu – er weiß, dass das kein Traum ist.

PAUSE

Mein Bruder erzählte mir, wie er drei Tage nach dem Treffen im Wald Kalo seinen Plan präsentierte:

– »Der Journalist wohnt im vierten Stock, richtig? Richtig. Die Wohnung unter ihm steht leer. Ich habe mich erkundigt. Wir mieten sie, beziehen dort Stellung und quartieren außerdem zwei Schauspieler ein, die so tun, als wären sie Alkis. Jeden Tag werden die sich zuschütten, herumbrüllen, Partys schmeißen und Quint den Schlaf rauben. Das für den Anfang. Ich hab schon alles notiert, Punkt für Punkt. Hier, das ist mein Plan.«

»Ich bin zu faul, das zu lesen, Alter, wie geht's denn weiter?«

»Wir müssen uns gar nichts Übernatürliches ausdenken. Mein Plan verlangt keine Superkräfte. Wir quälen ihn mit dem ganz Normalen. Alles, was in diesem Land passieren kann, soll ihm jeden Tag passieren. Unhöfliche Kellner, rabiate Chauffeure. Wir füttern seine Paranoia. Ich führe seine ganze Welt gegen ihn ins Feld. Objekt der Repression soll nicht der Körper sein, sondern der Geist!«

»Geht's ein wenig konkreter? Was werden wir mit ihm machen?«

»Ihn jagen. Meinen Berechnungen zufolge brauchen wir mit allem Drum und Dran nicht mehr als drei, vier Monate. Ich wette, schon in neunzig

Tagen sucht Quint mit eingezogenem Schwanz das Weite. Vielleicht auch früher ...«
Kalo überflog die Skizze und sagte lächelnd:
»Punkt drei ist gut. Lew, wenn wir das alles hinkriegen – du kannst dir gar nicht vorstellen, wie Onkel Wolodja uns danken wird! Dann bist du garantiert mit einem Schlag alle deine Schulden los. Ich verlasse mich auf dich, vergiss das nicht.«

So fängt also alles an. Sie mieten tatsächlich die Wohnung im dritten Stock, kaufen das nötige Equipment ein und engagieren zwei Schauspieler. Schon am nächsten Tag entdeckt Quint, als er mit seiner Familie von einem Spaziergang zurückkommt, dass sein Türschloss mit einer Flüssigkeit verklebt ist. »Ich habe dich gewarnt«, ereifert sich seine Frau, das Kind auf dem Arm. »Beruhige dich, mein Liebes! Das war bestimmt nur ein Dummerjungenstreich.«
– Ein Dummerjungenstreich –, sagte mein Bruder mit wehmütigem Lächeln. – Fehlanzeige. Selbstverliebter Kretin. Zwei Stunden lang versucht er, seine eigene Wohnung zu knacken, und als sie endlich drinnen sind – lass ich die Jungs die Musik aufdrehen. Das ist eigentlich schon mein ganzer Plan. Eine Taktik der ätzenden Berührungen und kleinen Gemeinheiten, ein Drohnenkrieg. Wir wol-

len keine direkte Konfrontation mit ihm, wollen ihm nicht drohen, wollen nichts erklären, machen nur Druck.

Kalo will alle Hebel auf einmal in Bewegung setzen, aber ich bin strikt dagegen. »Nicht jetzt«, sage ich ihm, »alles hat seine Zeit!« Der Journalist muss begreifen, dass ein Unglück nicht allein kommt. Ich will ihn nicht mit allen Übeln auf einmal bombardieren. Wir müssen ein Problem nach dem anderen aufdecken, wie Patience-Karten. Er soll uns erst einmal kennenlernen. Das heißt, ein bisschen besser …

Als Anton ins Kinderzimmer geht, legen Bolek und Lolek (so heißen die Schauspieler) Zemfira auf: »Willst du die neueste Musik? Willst du, dass ich die Nachbarn töte, die uns beim Schlafen stören?«

Ich mag den Song nicht, aber egal. Quint ahnt natürlich nicht, dass dieses Lied nun ein paar Monate lang durch seine Wände dröhnen wird. Lächelnd sagt er zu seiner Frau, er werde runtergehen und das regeln.

Fehlanzeige. Vergiss es. Nie im Leben wird er irgendetwas regeln. Kalo und ich sitzen im Auto und hören über Funk alles, was in der Wohnung passiert. Und wir wissen, dass es ab diesem Tag nur mehr die Hölle sein wird.

Anton geht tatsächlich hinunter. Er möchte sich vorstellen und dabei den neuen Nachbarn gleich erklären, dass er eine neugeborene Tochter hat, die natürlich schlafen muss. Haha! »Bis elf können wir laut Gesetz machen, was wir wollen!«, schreien Bolek und Lolek unisono. Der Journalist will noch etwas sagen, aber die alten Schauspieler spielen ihre Rollen perfekt und knallen die Tür zu. In dem Moment würde ich sie am liebsten umarmen, nie hätte ich gedacht, dass sie sich so gut in ihre Rolle finden.

»Solche Arschlöcher«, schimpft der Journalist, als er zurück ist. »Was sollen wir machen?«, fragt seine Frau besorgt. »Nichts, wird schon vorbeigehen. Mach dir keine Sorgen, Schatz, die werden gleich abschalten«, sagt Quint, küsst seine Gattin und bricht zu einem Treffen mit Freunden auf. Man kann ihm keinen Vorwurf machen – zu dem Zeitpunkt weiß er ja noch nicht, dass die Musik monatelang weiterwummern wird.

Während unsere Trolle ein Dossier zusammenstellen, geht Quint ins Good Times, ein Restaurant, in dem sich die Moskauer Boheme trifft. Schriftsteller, Schauspieler, Journalisten und sonstiges Pack. Kalo und ich fahren hinterher.

An jedem Tisch sitzen zwei, drei dieser Hellseher. Anton sitzt mit Mitja zusammen. Quint trinkt sich durch verschiedene Weine, während sein Kumpel sinniert:

»So, wie sie früher Verrückte und Aussätzige aus der Gesellschaft ausgeschlossen haben, schließt die Mehrheit jetzt die Intelligenzija aus. Intellektuelle sind nicht normal. Intellektuelle hindern diese Mehrheit am friedlichen Leben. Das ist nicht einmal mehr der berühmte Aufstand der Massen, sondern die große Vernichtung! Wahrscheinlich fragst du mich gleich: Womit stören wir sie denn, diese Mehrheit? Das kann ich dir sagen. Menschsein bedeutet die Fähigkeit, in einer komplexen Gesellschaft zu leben. Unsere Leute sind das nicht gewohnt. Unser Volk will nicht in schwierigen Umständen leben, und damit meine ich natürlich nicht die Lebensbedingungen, sondern die gesellschaftlichen Bedingungen. Überleg doch mal: Die Mehrheit ist bei uns an ein gutes Leben gewöhnt. Mit jedem Jahr geht es unserer Mehrheit besser und besser, aber ist es die Mehrheit selbst, die sich diesen Komfort verschafft? Nein, natürlich nicht! Die Mehrheit ist wie eh und je mit Arbeit beschäftigt, genau wie vor hundert und zweihundert Jahren. Daher müsste die Mehrheit auch leben wie vor hundert oder zweihundert Jahren, aber sie lebt besser, lebt weitaus bequemer, dank einer Minderheit, die sich um die Lebensgestaltung der Mehrheit kümmert. Diese Minderheit sind Gelehrte, Erfinder, Künstler, mit einem Wort – die Intelligenzija. Diese Minderheit sind jene Leute, die das Leben der Mehrheit, wie man so schön sagt, smart und simpel machen. Und die Mehrheit versteht – das heißt der Teil der Mehrheit, der wenigstens irgendetwas versteht –, dass er von dieser Minderheit abhängig ist, aber das will natürlich niemand zugeben. Das zuzugeben wäre irgendwie beschämend, immerhin sind sie die Mehrheit! Sie sind es doch, die schalten und walten, sie geben doch die Richtung vor. Wir leben in einer Zeit, in der die Mehrheit uns ein für alle Mal das Maul stopfen will. Uns knebeln und versklaven. Wir sollen zwar weiterhin kreativ sein und Sachen erfinden, aber bloß nichts mehr fordern.«

»Offenbar war der letzte Philosoph, den du gelesen hast, Mamardaschwili.«

Wir hören uns dieses nutzlose Geschwafel an, ich mache mir sogar ein paar Notizen, aber schlussendlich wird mir klar, dass das noch ewig so weitergehen kann.

»Ich glaube, für heute ist es genug. Lass uns das Feld räumen«, sage ich zu Kalo.

»Yepp!«

An jenem Abend beschließen Kalo und ich, den Start der Operation zu begießen. Wir fahren ins Woolf – ein phänomenales Bordell, in dem alle Nutten die Namen berühmter Frauen tragen. Kann ich dir übrigens wärmstens empfehlen. Wisława Szymborska wirst du dort natürlich nicht flachlegen, aber Astrid Lindgren oder Margaret Thatcher durchaus. Kalo hat immer gewitzelt, bloß nicht Charlotte Brontë zu nehmen, die sei langweilig. Wir lachten, begrapschten die Mädels, bestellten Wodka und wiederholten immer wieder: »Laut Gesetz nach elf verboten!«

Bolek und Lolek ließen die Musik an. Sie drehten die Anlage auf volle Lautstärke und fuhren nach Hause. Anton rief dreimal die Polizei, aber der von uns instruierte Bulle weigerte sich, die Tür aufzubrechen. Er sagte, er sei nicht befugt. Quint konnte nicht einschlafen, und Kalo machte mich mit Agata bekannt:

»Schau mal, Süße, das ist Lew, mein bester Freund!«

»Sehr erfreut. Was machen Sie?«

»Lew war Journalist, jetzt ist er bei uns.«

»Ah, Journalist? Sie haben wohl auch eine schnelle Zunge – ein verwandter Beruf, sozusagen. Ich wollte schon lange mal einen Profi fragen: Was ist richtig – komm in mir oder komm in mich?«

»Darüber habe ich ehrlich gesagt nie nachgedacht …«
»Was bist du nur für ein lausiger Journalist. Egal, mach dir keinen Kopf! Willst du mich?«
»Ja.«
»Dann komm her …«

Agata ist eine Meisterin ihres Fachs. Schon an jenem Abend finde ich, dass wir sie unbedingt einsetzen müssen.

PAUSE

Mit der Zeit hatten wir einen relativ stabilen Tagesablauf. Sobald es in der Wohnung des Journalisten leise wurde, machten wir Musik an. Wenn das Kind schrie, machten wir sie aus. So verschwand aus Antons Leben die Stille. Sogar seine Kleine blies in unsere Segel.

Ich weiß nicht mehr genau, wann, aber ich glaube, etwa eine Woche nach Start der Operation erschienen in der Presse die ersten belastenden Artikel über Quint. Manches davon hatte ich geschrieben, anderes Kalo. Die patriotischen Schriftsteller witterten die Fährte und schlossen sich der Sache an. Wir mussten sie nicht einmal bezahlen, sie hatten von allein das Kommando vernommen: »Fass!« Einmal habe ich sogar Bolek gebeten, den Sound abzudrehen, um zu hören, wie Quint einen Artikel über sich selbst laut vorlas:

»Leider ignorieren die Behörden nach wie vor das Problem der vom Westen bezahlten Journalisten. Nehmen wir zum Beispiel Anton Quint, der mehrmals die Woche Botschaften westlicher Länder besucht, wonach er einen revolutionsorangenen Tintensumpf aufs Papier schmiert. Ob sich nicht besser der Inlandsgeheimdienst seiner Texte annehmen sollte? Müsste man nicht eine Liste derartiger Pseudojournalisten anlegen, damit Volksfeinde wie Quint sofort erkannt werden?«

»Das mit dem Tintensumpf ist super!«, sagte Kalo zufrieden.

Wir steigerten den Druck. *Poco a poco.* Von *piano* zu *forte,* jeden Tag mehr. Nach unseren Auftragsartikeln tauchten die ersten Fernsehbeiträge auf. Zuerst nur kurze. Die Verfasser arbeiteten mit Fingerspitzengefühl. Quint wurde nebenbei erwähnt, anlassbezogen oder auch nicht, sein Name wurde zum Synonym für jeglichen Dreck. Kalo konnte nicht glauben, dass auch das ein Teil meines Plans war. Naiv nahm mein Freund an, ausnahmslos alle Radio- und Fernsehkanäle seien bestochen worden. Obwohl er schon viel länger in diesem Geschäft war als ich, kam Kalo nicht auf die Idee, dass jemand Quint unentgeltlich zu Leibe rücken könnte.
»Das konntest du nicht einkalkulieren!«
»Aber sicher doch! Sieh dich um! Es gibt keine echten Nachrichten, nur Ereignisse, die in Auftrag gegeben werden. Wenn die einen anfangen, Druck zu machen, schließen sich die anderen sofort an. Es ist überhaupt nicht notwendig, sie dafür zu bezahlen. Dieses Geld können wir uns sparen. Diese Typen machen alles absolut kostenlos, weil sie wei-

terkommen wollen und auf Zuwendungen hoffen. Wir leben im Land der Andeutungen. Die Dinge, die verschwiegen werden, sind hier die eindeutigsten und treffsichersten Hinweise. Wenn du nicht verstehst, was dein Boss von dir will – warte auf eine Allegorie.«

Es war mir sehr wichtig, Kleiner, dass alles, was wir taten, glaubwürdig aussah. Ich sorgte sogar dafür, dass Bolek und Lolek an Regentagen Musik in Moll auflegten. Mein Plan war simpel: bloß keine direkten Drohungen. In dieser Geschichte lockten mich die Graustufen oder das, was in deiner Musik, glaube ich, Polyphonie heißt. Quint konnte natürlich nicht ahnen, was wir da für ein Wunderwerk für ihn erschufen.

PAUSE

Die Pause. Ein temporäres Schweigen. Erstarrte Zeiger, Stille. Eine Rede, die aller Phoneme entbehrt. Eine Auszeit des Schalls, aber nicht der Bewegung, denn auch während der Pause setzen sich die Gedanken fort, so wie sich das Leben in der Lautlosigkeit des Winters in die Untergeschosse verkriecht.

Zäsuren im Verstehen, Intervalle in der Wahrnehmung, Fenster in Ereignissen. Viertelpausen und Doppelganze, ganze Pausen und zusammengesetzte, orchestrale und deplatzierte. Subjektive und intonatorische Unterbrechungen, wie sie Fußballer und Züge, Ampeln und Städte machen. Fortsetzungspunkte, die bisweilen jahrzehntelang andauern. Pausen gibt es in Beziehungen und Kriegen, im Streit und im Liebesspiel. Erzwungene und verschleppte, tödliche und lang ersehnte, denn gerade aus dem Stillstand entsteht neues Leben. Sind Pausen nicht unabdingbar für uns, und sei es nur dafür, während eines klassischen Konzerts die Kenner von den Banausen zu unterscheiden? Nur Ahnungslose wagen es, zwischen den Sätzen zu applaudieren, und nur Gebildete haben ein Verständnis dafür, wie sich in den Pausen die Stille ausdehnt. Sind es nicht die Pausen, die wir brauchen, um die eigene Kraftlosigkeit zu rechtfertigen? »Es wird noch alles gut werden, mein Leben kommt auf jeden Fall in Ordnung ... sobald diese unerträgliche, lange Pause vorbei ist.«

Pausen.

Pausen.

Pausen.

Liegende Pausen und gezackte, quälende und ausgedehnte. Pausen im Herzschlag und im Betrieb von Maschinen, zwischen den Wörtern und in der Bierbrauerei. Die Pause am Moskauer Künstlertheater, die dem Zuschauer den Atem nimmt, und die Pause, die ein plötzlicher Regen einfordert, sind nichts anderes als eine Aneignung der Zeit, denn es gibt im Leben keine größere Kunst als die Kunst der –

PAUSE

Onkel Wolodja gefällt der Enthusiasmus, mit dem ich an die Sache herangehe. Das Einzige, worum er mich bittet: bloß nicht zu zögern. In jeder Hinsicht. Quint schläft nicht. Jemand spielt ihm fortwährend neue Indizien zu. Die zutage tretenden Fakten erzeugen große Resonanz. Es wird immer schwieriger, die öffentliche Meinung zu formen. Zu viele Fragen. Ach, und dies? Und woher das? Die Bilder? Die Autos? Die Häuser? Ein Wahnsinn!

Onkel Wolodja will, dass der Wichtigtuer endlich schweigt.
Wir arbeiten daran. Ich finde heraus, dass Quint Angst vor Hunden hat. Gut so. Wuff-wuff, mein neuer Freund. Pass gut auf – wir prüfen mal, ob du wirklich so cool bist. Ja, Kleiner, du hast richtig verstanden, wir holen uns Hundetrainer an Bord …
Eines Tages fand sich der Journalist beim Nachhausekommen auf dem Treppenabsatz Auge in Auge mit einem Bullterrier. Der Hund saß ruhig auf der Matte. Ich hatte ausgemacht, dass sie uns einen alten, wohlerzogenen, harmlosen Kläffer geben. Ich wollte auf keinen Fall, dass Quint oder seiner Kleinen etwas zustößt. Nein, ich wollte ihn wirklich nur erschrecken. Der Hund trug ein spe-

zielles Halsband. Immer wenn das Halsband vibrierte, begann er zu knurren.

Also, stell dir vor: Du kommst aus dem Lift mit deinem Kind auf dem Arm – und vor der Tür sitzt ein Kampfhund. Bei deinem Anblick richtet er sich auf und fletscht die Zähne. Verstehst du? Ein enger Treppenabsatz und ein furchterregender Albino. Anton ist mit der Kleinen pfeilschnell wieder hinausgeflitzt. Um ein Haar wäre er aus dem Fenster gesprungen. Kalo und ich saßen im Auto und lachten. Du hättest seine Augen sehen sollen. Er drückte das Kind an sich und bekniete jeden Passanten: »Rufen Sie die Polizei, rufen Sie die Polizei!« Mann, dem haben wir damals einen saftigen Schreck eingejagt.

Das mit den Hunden haben wir dann beibehalten. Oft, wenn der Journalist zu einem Spaziergang im Park losmarschierte, riefen wir die Jungs mit den Mastiffs oder Pitbulls, die sie von den Leinen ließen. Quint ärgerte sich, fragte die Hundebesitzer, warum sie das tun, aber diese waren von uns instruiert worden und lächelten nur schweigend.

Nach den Hunden kamen wieder Bolek und Lolek. Jetzt machten sie nicht nur Musik, sondern nahmen auch persönlichen Kontakt zum Klienten auf. Jeden Tag empfingen sie Quint am Hauseingang, hielten ihm die Tür auf. Kaum erhaschten sie den Blick des Journalisten, spuckten sie verächtlich auf den Boden, um ihm gleich darauf herzhaft ins Gesicht zu gähnen – alles gemäß meinen Anweisungen.

Wir servierten Quint immer neue Gemeinheiten und Schweinereien. Tag für Tag vermiesten wir ihm das Leben. Aufgeschlitzte Reifen, ein Sprung in der Windschutzscheibe von einem Hammerschlag. In seinem Kopf braute sich im Eiltempo eine Paranoia zusammen. Und du darfst nicht vergessen, Kleiner, dass in seiner Wohnung die ganze Zeit über die Musik dröhnte. Der Revierinspektor ließ sich nicht mehr blicken und ging nicht einmal mehr ans Telefon. Seine letzten Worte waren: »Ich bin ja auch Vater, Herr Quint, ich verstehe Sie wirklich gut, aber auch Sie müssen mich bitte verstehen – Ihre Nachbarn verstoßen nicht gegen das Gesetz. Und kommen Sie nur ja nicht auf die Idee, handgreiflich zu werden.« Darüber wollte Quint sogar eine Kolumne schreiben, aber ihm fiel rechtzeitig ein, dass seine Gegner ihn dann für einen schwächlichen, kaputten Intelligenzler halten würden, der wertvolle Zeilen für so einen Unsinn verschwendet.

Der Feind griff von allen Seiten an. Die Schlinge zog sich zu, die Belagerung begann. Ich wollte Quint mithilfe kleinster Details aus der Bahn werfen. Derbes Fluchen, Rempeln auf der Straße, ein

Auto, das ihm am Zebrastreifen den Vorrang nahm, unfreundliche Bedienung im Laden. So wie ich es von Anfang an vorgehabt hatte, akkumulierten wir um ihn herum das Böse. Ich freute mich über jeden Gopnik, jeden Unterschichtler, der seinen Weg kreuzte. Diese Bevölkerungsgruppe ließ zum Glück keine Wünsche offen. Wir spielten vierhändig mit dem Mob.

»Wenn wir Quint Beine machen wollen«, erklärte ich Kalo, »dann müssen wir ihn dazu bringen, jede Kleinigkeit in diesem Land zu hassen. Einzelheiten, Details, Feinheiten – ausnahmslos alles muss ihn in Rage bringen. Ganz egal, worum es geht: das Fernsehen, die Nationalmannschaft, die Autoindustrie oder die Menschen. Alles, absolut alles muss ihn ärgern. So wie diese beknackten Liberalen auf Facebook soll er auf jede Nachricht anspringen. Und unsere Aufgabe ist es, ihn in diesen Modus zu versetzen. Ein Ärgernis – ein Post, Ärgernis – Post, Ärgernis – Post, besser noch zwei. Ich will, dass das Böse ihn nicht mehr loslässt. Nachbarn sollen ihn zur Weißglut treiben, ungebildete Kellner auf die Palme bringen, unverschämte Taxifahrer sollen ihn nerven. Alles, was ihm früher gar nicht aufgefallen wäre, was ihn total kaltgelassen hätte, unser ganzer Alltag muss ihm zur Belastung werden. Ich will, dass er jammert, motzt und sich empört. Ich will, dass ihm hier rein gar nichts mehr passt. Ich will, dass er das Gegenteil von Patriotismus entwickelt. Wenn alle diese flammenden Verehrer der Heimat die hiesige Scheiße damit rechtfertigen, dass es auch im Westen Scheiße gibt – dann muss er genau umgekehrt denken. Quint muss sich grämen und heulen, klagen und mit den Zähnen knirschen. Ich will ihn zur Vernunft bringen. Sobald wir ihn so weit haben, dass er seine Heimatstadt nüchtern betrachtet – ist er der Erste, der flieht. Und noch was … In unserem Land hat sich eine Sorte Mensch herausgebildet, die fähig ist, alles zu ertragen. Ob er dazugehört, weiß ich nicht, aber es sieht danach aus, dass er viel aushält. Die Menschen hier haben einen Diktator überlebt, Kriege und Straflager, und zwar nur, weil sie dem Feind ins Gesicht geschaut haben. Sie haben überlebt, weil sie wussten, dass sie auf der Seite der Wahrheit stehen. Wir müssen ihm jede Stütze entziehen, wir müssen ihm den Glauben an dieses Land und natürlich an sich selbst nehmen. Er darf keinen konkreten Feind mehr haben, sondern soll sich von allem hier angegriffen fühlen. So ein intelligenter, gebildeter junger Mann, wie er ist – soll er sich doch zusammenreimen, dass er selbst es ist, der hier nicht reinpasst. Wir müssen seine Gedanken zu einem einzigen Ragout verkochen. Ich will, dass er die Orientierung verliert. Ich will, dass er zu seinem Freund sagt: ›In diesem Land wird sich nie etwas ändern.‹ Ich will, dass er genau in diesem Land, in seinen Bewohnern, seinen größten und übelsten Gegner sieht. Er soll vor allem sich selbst eingestehen: Hier ist nichts zu holen, das einzig Gute, was er für seine Kinder machen kann, ist – wegfahren.«

PAUSE

»Arina, beruhig das Kind! Ich kann so nicht arbeiten!«

»Vielleicht beruhigst besser du mal die Nachbarn?«

»Die stören mich nicht!«

»Ja, genau! Gib doch zu, dass du nichts ausrichten kannst!«

»Kann ich wirklich nicht, na und? Die Polizei kommt nicht einmal mehr! Wir wissen ja schon, dass das alles legal ist!«

»Sei mal ein Mann! Unternimm endlich was! Polier ihnen die Fresse!«

»Geht nicht! Damit würde ich mich strafbar machen. Ich will mich nicht auf deren Niveau herablassen.«

»Anton, Herrgott noch mal, sieh mich an: Ich bin deine Frau, und ich bin müde! Ich habe seit Wochen nicht geschlafen! Du gehst ins Büro, warst schon zweimal auf Dienstreise. Aber ich bin hier, ich bin die ganze Zeit hier, und ich will einfach nur ein bisschen schlafen!«

»Was schlägst du vor? Soll ich runtergehen und ihnen die Tür eintreten?«

»Hast du Angst vor ihnen?«

»Nein, habe ich nicht!«

»Natürlich hast du Angst! Du kannst nicht einmal runtergehen und mit ein paar Gopniks fertigwerden. Deinen ganzen Mut hast du nur in der Zeitung. Nur da bist du ein waghalsiger Journalist! Nur auf Papier traust du dich was. Du denkst immer nur an die anderen!«

»Es ist mein Beruf, an die anderen zu denken!«

»Aber denk doch auch einmal an uns. Oder sollen sich doch deine Opfer, die du andauernd rettest, wenigstens ein einziges Mal für dich einsetzen. Sollen sie mal dir helfen. Wie viele Leute lesen dich? Hunderte? Tausende? Soll doch wenigstens ein Dutzend von denen kommen und dir helfen mit diesem Mob, wenn du schon selber zu feig bist!«

»Arina …«

»Was heißt da Arina?!«

Immer öfter bringt Anton seine Frau zur Schwiegermutter. Er denkt sogar ernsthaft daran, die Wohnung zu verkaufen. Aber das rettet ihn nicht. Wir beißen weiter. In seiner Schwiegermutter, Arinas Mama, finden wir eine neue Verbündete. Weißt du, ich glaube, wenn die Jungs von der Abteilung eines Tages vor Gericht stehen sollten – dann muss diese Verrückte mit ihnen auf die Anklagebank. Ihr Beitrag ist unschätzbar. Wenn wir einen weiteren Provokateur hätten einbringen wollen, er hätte das alles nicht so hingekriegt wie dieses Weibsstück.

Die Niedertracht dieser Frau ist von allererster Klasse. Ich habe das Gespräch nicht persönlich gehört, aber Kalo hat es mir erzählt. Alles begann damit, dass eines Morgens beim Frühstück die Schwiegermutter plötzlich von ihrem Schwiegersohn verlangte, mit seinem »liberalen Geschreibsel« aufzuhören. Unsere liebe Mitstreiterin begründete das damit, dass sie sich vor den Kollegen geniere. In dem Technikum, wo sie unterrichte, bekomme sie immer häufiger unangenehme Fragen gestellt.

»Ljudmila Nikolajewna, was reden Sie da? Sie sehen doch selbst, wie wir leben! Sie wissen doch alles über mich!«, ereiferte sich Quint.

»Das ist es ja! Alles, was du hast, verdankst du unserem Präsidenten, und dann schreibst du so über ihn! Dass du dich nicht schämst!«

»Mama, bitte!«

Nachdem Kalo dieses kurze Geplänkel mitgehört hatte, machte er einen überaus gelungenen, genau geplanten Zug. Ehrlich gesagt, war ich damals sogar ein wenig enttäuscht, dass das nicht mir eingefallen war.

Kalo bastelte ein paar Fotos. Keine große Kunst – er fügte einfach Quints Kopf in Pornofotos ein. Ich muss sagen, es sah sehr echt aus. Dann nahm mein Freund einen gefälschten Ausweis und suchte das

Technikum auf. Dieser Honk stellte sich als Geheimagent vor, hakte Quints Schwiegermutter unter und nahm sie zu einem »wichtigen Gespräch« beiseite. Kalo erzählte mir, wie sie, kaum hatte er ihr seinen Ausweis gezeigt, sich losriss und davonlief. Er dachte, sie würde die Polizei rufen, aber die Alte entfernte sich nur, um ihren Lippenstift nachzuziehen. Jedenfalls, angesichts der Fotos stellte sie keine einzige Frage, sondern berichtete ihrer Tochter brühwarm, was passiert war.

Wie erwartet glaubte Quints Frau Arina ihrer Mutter zwar nicht, aber der Zweifel hatte sich doch in ihr Herz geschlichen. Das merkten wir etwas später, als wir die nächste Auseinandersetzung abhörten.

Ich triumphierte! Meine Idee hatte Gestalt gewonnen. Jetzt konnten wir auch Agata einschalten, die Nutte aus dem Woolf. Sie sollte Quint ordentlich den Kopf verdrehen. In meiner Vorstellung konnte ein verschlagenes Weib, das seine Familie zerstörte, ihn schneller zum Auswandern bewegen als tausende Verhöre und sonstiges Brimborium. Jedenfalls, wie du ja schon siehst, es lief alles wunderbar ...

– Lew, ich höre mir das alles an, aber ich kann's nicht fassen ... Ihr habt diese ganze Oper extra dafür inszeniert, damit Quint das Land verlässt?

– Genau.

– Aber man hätte ihn doch einfach ausweisen können!

– Auf welcher Grundlage? Das habe ich dir doch alles gerade erklärt! Du hast mir wohl nicht gut zugehört, Kleiner. Er konnte nicht des Landes verwiesen werden, das hätte zu viel Aufsehen erregt. Er hatte sich als Journalist schließlich einen Namen gemacht. Die politische Situation erlaubte es nicht – in dem Moment standen wichtige Termine bevor, alle warteten auf hohe Tiere aus Übersee.

– Gut. Aber kannst du mir vielleicht deine weitschweifigen Ausführungen ersparen und zum Punkt kommen, wie das alles ausgegangen ist?

– Genau das mach ich ja gerade, Kleiner. Kein Stress. Wir sind fast durch.

– Ich mach keinen Stress, ich verstehe nur nicht, weshalb du mir das alles erzählst.

– Also. Wir begannen die Vorbereitungen zur »Operation Agata«. Gleichzeitig erhielten wir den Druck aufrecht. Laute Musik, Öffentlichkeit, Lügenpresse. Zu dem Zeitpunkt hatte Quint natürlich bereits geschnallt, dass gegen ihn ein Feldzug im Gang war. Aber wer genau dahinterstand, wusste er noch nicht.

– Was heißt, das wusste er nicht? Aus deiner Erzählung errät jedes Kind, dass es Slawin ist.

– Aus meiner Erzählung, ja, aber Quint wusste ja nichts von all dem. Normalerweise liegt der Name des Auftraggebers innerhalb weniger Tage auf der Hand, aber der Reiz unserer Geschichte lag darin, dass Antoscha sich schon zu viele Feinde gemacht hatte. Jeder Freund, den er in den Fall einweihte, teilte Quint seine Vermutungen mit. Die Kollegen saßen im Café und jonglierten mit Namen. Stell dir mal vor: Er hatte schon so viele ins Visier genommen, dass der Verdacht auf fünf, sechs Personen fiel. Darunter war natürlich auch Slawin, aber Quint glaubte nicht, dass ein so einflussreicher Mann sich so offen rächen würde. »Wenn es Slawin wäre«, irrte Anton, »dann hätte er mir schon Grüße ausrichten lassen. Und angedeutet, dass es Zeit wird, die Klappe zu halten. Nein, das ist nicht Slawin. Leute wie er nehmen immer Kontakt auf ...«

Eines Tages legte Mitja eine Zeitung auf den Tisch, tippte auf das Foto eines berühmten Politikers und sagte: »Antoscha, ich weiß jetzt Bescheid. Der ist es, ganz sicher. Ich habe eine hundertprozentige Info ...«

Indem er auf diesen an der Sache völlig unbeteiligten Mann zeigte, verwischte Quints Freund von ganz allein unsere Spuren.

»Ich glaube, du musst ins Exil.«
»Kommst du mir schon wieder damit? Wozu?«
»Dich absichern.«
»Wo soll ich denn hin?«
»Irgendwohin. Soll ich für dich fragen, wer eine Wohnung frei hat?«
»Und wie lange meinst du, soll ich wegbleiben?«
»Keine Ahnung. Ein paar Wochen, vielleicht einen Monat. Verstehst du denn nicht, dass diese Leute nicht aufhören werden? Glaubst du etwa, dass sie das alles nur machen, um dich ein bisschen zu beeindrucken?«
»Es ist schon seltsam. Eigentlich jagen sie mich, aber wer sich anpisst, bist du, Mitja …«
»Siehst du denn nicht, dass in diesem Land das Licht ausgeht?«
»Ach komm, Mitja! Soll das heißen, es betrifft nicht nur mich? Wollen sie allen die Luft abschnüren?«
»Natürlich! Merkst du nicht, in was für Zeiten wir leben?«
»Ich glaube, die Zeiten sind plus minus die gleichen wie immer. Fängst du jetzt wieder an mit deiner Theorie über die Mehrheit und die Minderheit?«
»Nein. Ich sag dir jetzt was im Vertrauen: Ich will auch abhauen.«

»Wirst du auch gejagt?«

»Nein, aber ich hab nicht vor, auf den Tag zu warten, wo das anfängt. Ich habe genug von allem hier. Die Nase voll. Die Leute widern mich an. Diese Gesellschaft ekelt mich an. Ich ertrage diese Boshaftigkeit in der Luft nicht mehr. Ich will ein ruhiges, geordnetes Leben führen. Ich will, dass meine heftigsten Erschütterungen Theaterinszenierungen und Fußballmatches sind, und nicht Strafprozesse gegen meine Freunde.«

»Tja, ich werde wohl noch ein bisschen hier rumsitzen bei Kerzenlicht.«

»Und was soll das bringen? Du krallst dich so fest an diesem Land, als würde es ohne dich auseinanderfallen. Aber es fällt nicht auseinander. Die werden uns nur alle durchprügeln, genussvoll alle durchprügeln, durchficken, auffressen und glücklich weiterleben.«

»Und wenn schon ... Irgendwer muss ja über all das berichten. Wenn du weg bist, ich weg bin, wer wird denn dann von diesen goldenen Zeiten singen?«

»Ich verstehe dich einfach nicht! Hast du denn wirklich keine Angst vor ihnen?«

»Nein, eigentlich bisher nicht ...«

»Ist dir nicht klar, dass sie dich zum Abschuss freigegeben haben?«

»Mitja, ich will keine Paranoia schieben. Ich halte das alles für Peanuts. So eine Kacke erlebe ich ja nicht zum ersten Mal. Ich bin eingeschüchtert und bedroht worden, man hat mich in den Wald verschleppt, ich musste sogar vor einem ausgehobenen Grab knien – und nichts ist passiert. Wie du siehst, sitze ich da und trinke mit dir. Das Einzige, was mir fehlt, ist Schlaf. Aber ich hoffe, es hört jetzt bald auf. Ob ich Angst habe? Nein, im Moment eigentlich nicht. Ich glaube, jedem plastischen Chirurgen geht's schneller an den Kragen als mir – der braucht nur das Botox zu verpfuschen, und Ende im Gelände.«

»Wenn sie dich vernichten wollen – machen sie es!«

»Du sagst immer, ich soll weg! Aber wohin denn? Wäre ich Fußballer, würde ich ja liebend gern wegfahren, aber ich bin Journalist. Ich kann nicht in einer anderen Sprache schreiben, ich kenne auch niemanden im Ausland. Das hier ist mein Land, hier bin ich geboren, kenne mich aus. Wieso soll gerade ich das Land verlassen und nicht dieser Abschaum, der mich drangsaliert?«

»Weil dieser Abschaum die Mehrheit ist!«

»Es gibt keine Mehrheit. Jene, die wir bekämpfen, schieben bloß die Mehrheit vor. Die Gopniks sind nicht mehr als wir, vielleicht sind sie sogar in der Minderheit. Und unsere Aufgabe ist es, ihnen hier und jetzt die Stirn zu bieten!«

Die Stirn bieten, dass ich nicht lache!

Trotzdem hatte es seinen Reiz, diese liberalen Kaffeekränzchen abzuhören. Regisseure, Schriftsteller, Journalisten. Schaumschläger, Klatschweiber und Dampfplauderer. Aperol Spritz und Weißwein in Strömen. Die Stirn wollten sie uns also bieten – sehr witzig!

Ungefähr drei Wochen nach Beginn der Operation klauten wir Quints Arbeitscomputer. Hier hat er uns zum ersten Mal erstaunt. Ehrlich gesagt hatte ich nicht erwartet, dass ein Mensch mit seinem Beruf so leichtsinnig mit den eigenen Texten umgehen würde. Sogar ich hatte als Chefredakteur alle meine Sachen per E-Mail an mich selbst geschickt. Tatsächlich, mutige Leute sind immer naiv. Quint hatte wohl nicht glauben können, dass ihn eines Tages jemand am Arsch haben würde. Er hatte überhaupt keine Sicherheitskopien. Alles am selben Ort, alles auf dem gestohlenen Rechner. Oh, wenn du gehört hättest, wie er gebrüllt hat! Jetzt hatten wir alles, absolut alles! Seine Recherchen, seine Artikel, seine Skizzen für Essays und seine Kolumnen. Wir hatten Zugriff auf seinen gesamten Mailverkehr und sogar auf den Entwurf einer dystopischen Erzählung über einen Journalisten, der wegen eines leeren Blogeintrags vor Gericht gestellt wird.

Er tobte, stampfte mit den Füßen. Schleuderte Bücher an die Wand, brach einen Stuhl entzwei. Wir hörten lange das Krachen aufprallender und in Stücke zersplitternder Gegenstände. Als seine Frau ihn bat, sich zu beruhigen, hörte er nicht auf, sondern richtete im Gegenteil seinen ganzen Zorn auf sie. Sie weinte, ging ins andere Zimmer. Sofort wiesen wir Bolek und Lolek an, die Musik aufzudrehen. Wir waren auf Siegeszug. Quint musste abrücken.

In unseren Händen befanden sich jetzt nicht nur all seine Projektideen, sondern auch seine E-Mails an die Eltern, die außerhalb von Moskau wohnten. Als ich diese Briefe überflog, begriff ich, dass wir den nächsten Trumpf in der Hand hielten.

PAUSE

Alexander hatte einem Treffen zugestimmt. Quint schlug das Good Times vor. Sie setzten sich in eine Ecke. Lächelten einander an, gaben einander die Hand. Sascha war nervös. In den letzten Tagen hatte er immer wieder an den Journalisten gedacht, sich seine Fotos angesehen. Er freute sich, dass Sébastien aus seinen Gedanken verschwunden war. Seine Tagträume galten jetzt alle Quint. »Soll ich ihm sagen, dass ich sogar während des Trainings an ihn denke?«

»Danke, dass Sie zugestimmt haben.«

»Schriftlich schienen Sie mir höflicher als im echten Leben.«

»Ihnen gefällt es wohl in Russland?«

»Ich spiele gern hier. Sie haben mich ein wenig unterschätzt. Wie Sie sehen, wenn ich auf dem Feld bin, gewinnen wir immer.«

»Alexander, Sie wissen doch bestimmt, dass man Sie nur bei abgesprochenen Spielen aufs Feld lässt ...«

Sascha wusste von nichts, Quints Bemerkung traf ihn wie ein Schlag. Auf diese Art von Unterhaltung war er nicht gefasst gewesen. Woher konnte der Journalist das wissen, wer konnte es ihm erzählt haben? Was für Absprachen? Hieß das, alles war getürkt? Aber das konnte doch gar nicht sein! Vier Spiele hintereinander? Und die Stangentreffer? Der Elfmeter im letzten Spiel? Hatte den der gegnerische Stürmer am Ende absichtlich vergeigt? Sascha schwieg und ging fieberhaft Episode um Episode die acht Halbzeiten durch. Dreihundertsechzig trockene Minuten. Nein, es wollte ihm nicht in den Kopf, dass all das sein Vater arrangiert haben sollte. Er glaubte, dank seines harten Trainings mittlerweile in der Lage zu sein, die besten Angreifer des Landes abzuwehren. Seinen Erfolg erklärte er sich mit seiner raschen Anpassung auf dem Feld und der akribischen Analyse des gegnerischen Stils, aber doch keinesfalls mit Abmachungen abseits des Spielfelds. Sascha konnte nicht glauben, dass all diese Emotionen, dieser Kampf nur gespielt sein sollten. Wir sind ja nicht im Theater!

»Es ist naiv zu glauben, dass in einem Land, in dem man für einen Kindergartenplatz oder für einen Befund in der Poliklinik zahlen muss, der Sport sauber bleibt. Die Hälfte der Ergebnisse steht bereits am Anfang der Saison fest – je nachdem, wie die vorige gelaufen ist.«

»Was erzählen Sie da? Ich war doch da, auf dem Spielfeld! Sie haben keinen einzigen Beweis!«

»Und leider auch keine Lust, darüber zu diskutieren, Alexander. Das ist nicht mein Krieg. Es ist schwer genug, meinen eigenen zu gewinnen. Wenn Sie wollen, grabe ich Ihnen bis übermorgen die Beweise aus. Aber einfacher ist es, Sie fragen Ihren Trainer.«

Sascha schwieg wieder. Er drehte sein Glas und rief sich dabei die Bezeichnungen der Finger im Französischen in Erinnerung: le pouce, l'index, l'annulaire, l'auriculaire ... le majeur. Das alles gefiel ihm nicht, nicht dafür war er hergekommen. Er zerriss die Serviette in kleine Stücke und war sich bewusst, dass seine Wut in diesem Moment nicht einmal Quint galt, sondern seinem Vater. In einem der vier Matches hatte Sascha sein erstes Tor geschossen und war vor Freude zur Mitteltribüne gerannt. Als jetzt in seiner Erinnerung das kalte, arrogante Lächeln des Vaters wieder auflebte, begann Sascha allmählich, Quint zu glauben.

»Was wollen Sie über meinen Vater wissen?«
»Alles ...«
»Reicht Ihnen etwa nicht, was ich Ihnen bereits geschickt habe?«
»Wie meinen Sie das? Waren das etwa ...«
»Ach, haben Sie's auch schon gemerkt? Sie sind doch von uns beiden der talentierte Journalist.«
»Wieso machen Sie das?«
»Ich mag meinen Vater nicht.«

»Haben Sie keine Angst, dass er Sie erwischt?«
»Ich hoffe darauf.«
»Gut. Können Sie mir erzählen, wie seine Anfänge waren?«
»Was genau interessiert Sie?«
»Erinnern Sie sich daran, wie es war, als Ihre Familie nach Moskau ging?«
»Ja. Damals haben meine Eltern Geld gewaschen.«
»In Offshores?«
»Im Badezimmer ...«
»Wie meinen Sie das?«
»Genau so. Sie haben in unserem Badezimmer Geld gewaschen. In jenem Jahr gab es im ganzen Land – und nicht nur hier, auch in der Ukraine, in Tschechien und Polen – extrem viele Diebstähle. Auch Bankautomaten wurden geplündert. Mit Baggern ausgehoben, gesprengt, geknackt, zertrümmert. Die schlauen Maschinen besprühten bei einem Angriff die Banknoten mit Farbe. Europa und Russland wurden überschwemmt mit schmutzigem Geld. Dutzende Chemiker aus der ganzen ehemaligen Sowjetunion suchten nach einem Mittel, mit dem man die Geldscheine säubern konnte, ohne sie zu beschädigen. Papa war der Erste, der die richtige Mischung fand. Das ist zwar nicht ganz so genial wie die Cola-Formel, aber auch nicht

schlecht. Geld gewaschen haben auch andere, aber bei den meisten blieben winzige Pünktchen auf den Scheinen haften, die in den Banken entdeckt wurden. Viele Wissenschaftler sind eingebuchtet worden. Papa hat als Erster ein Mittel gefunden, das hundertprozentig wirkte. Das hat ihm enorm viel Verdienst und die nötigen Bekanntschaften gebracht.«

»Und Sekten hat er auch angeführt?«

»Das auch, ja.«

An jenem Abend gerät Alexander ziemlich ins Plaudern. Der Sohn begeht Verrat am Vater. Mit allem, was dazugehört: nahe und nicht so nahe Freunde, wichtige Partner, Feinde und Familie. Ein Name nach dem anderen, bedeutende und unbedeutende. Ein Blatt nach dem anderen füllt sich. Kreise, Pfeile, rote Linien. »In welche Städte fliegt Ihr Vater am häufigsten? Wer kommt zu seinem Geburtstag?«

Sascha antwortet, und Quint kann sein Glück kaum fassen. An jenem Abend verschickt er eine einzige Nachricht. An seine Frau. »Du lieber Himmel, Schatz, du kannst dir gar nicht vorstellen, was für eine Dumpfbacke ich an der Angel habe!« Arina antwortet mit drei Fragen, und in der Nacht, untermalt von Zemfira, wiederholt Anton seiner

Frau alles, was Sascha ihm erzählt hat. Es ist die letzte Nacht, in der der Journalist die Kraft findet einzuschlafen.

PAUSE

Coda

Die Funktion der Coda resp. des Schlussteils ist es, das in der Exposition Erreichte zu verstärken, vor allem hinsichtlich der Tonalität. Der Schlussteil muss die neue Tonalität aufgreifen … Moll.

Ich betrachtete den Bruder und dachte an meine Mutter. Wenn sie einen Apfel schälte, schnitt sie die Schale immer hauchdünn ab und warf sie nicht weg, sondern aß sie ganz auf. Ich erinnerte mich an die gemeinsamen Weihnachtsfeiern, an denen der Tisch kaum anders gedeckt war als an allen anderen Tagen. Ich erinnerte mich, wie Mama gelacht hat, als sich mitten auf der Straße die Nähte ihrer einzigen Pumps lösten und sie sagte, die Schuhe hätten Hunger. Ich hörte Lew zu, und erst jetzt fiel mir wieder ein, wie mein großer Bruder manchmal nach Hause gekommen war und Mama darum gebeten hatte, die Etiketten von den alten Sweatshirts abzutrennen und auf die neuen zu nähen. Ich war klein und hatte keinen Schimmer, dass die Aufnäher von teuren Marken stammten und die neuen Pullis nur vom Discounter waren. Erst jetzt wurde mir klar, dass ich entgegen unserer Geburtenfolge immer schon der Ältere gewesen bin. Ich schwieg, und der Bruder sprach weiter:

– Ich wühlte mich durch Quints Computer. Dutzende Ordner, Tausende Dateien. Eine Bibliothek veröffentlichter und vergessener Artikel. Anton beschrieb, wie Papier teurer wird, wenn Banknoten daraus gemacht werden, wie Wahlbeobachtern die Nieren zertrümmert werden und Strandurlauber in Sotschi plötzlich die russische Hymne anstimmen. Er schrieb darüber, wie Olympische Spiele aus dem Boden gestampft und Lebensmittel vernichtet werden, wie neue Länder annektiert und ausländische Präservative verboten werden. Mit ironischer Distanz beschrieb Quint, wie Städte aus Hubschraubern getauft, und mit Empörung, wie Unbequeme eingesperrt werden. Wie der Wert des Geldes sinkt und der Verfall um sich greift, wie sie Flugzeuge vom Kurs abbringen und abschießen. Der Journalist amüsierte sich über Aktivisten, die in Ausstellungen von Exponat zu Exponat wandern und überlegen, wodurch sie sich noch angegriffen fühlen könnten, und lachte jene aus, die der Propaganda aufsaßen. »Man steckt Kinder hinter Gitter«, schrieb er, »und Mätressen lässt man raus. Wir streiten, was wir liken sollen, diskutieren, wen wir entfrienden. Checken virtuell genauso wie im realen Leben die Handschlagqualität ab. Sind für die sofortige Eliminierung. Finden Feinde. Verlieren die Orientierung. Verbiegen uns. Glauben. Irren. Sind unseren Großvätern dankbar, lassen ihnen aber auf dem Zebrastreifen keinen Vorrang. Reimen Veteran auf Sensenmann ...«

Ich schloss eine Datei und machte eine neue auf: »Warum gefällt den meisten Menschen das Leben hier? Weil das Leben in Russland wie Onanieren ist. Eines Tages wird dir klar, dass es in deinem Leben niemals schöne Frauen geben wird – dafür gibt es sie auf Pornoseiten. Und du kannst sie jeden Tag benutzen, kannst sie dir jeden Tag vorstellen. In Russland leben heißt, sich immer alles vorzustellen. In Russland leben heißt, fähig zu sein, die Augen zu verschließen. Die Angliederung von Halbinseln, die Erfindung von Feinden – all das ist eine einzige große, so groß wie die Geschichte des Landes, ins Unendliche hinausgezögerte Masturbation. Seit Peter dem Großen hecheln wir hinter Europa her und bezichtigen es zugleich der Vulgarität und Dekadenz. Und ich glaube nicht, dass sich das je ändern wird ...«

Als ich mit den Entwürfen durch war, ging ich über zur Korrespondenz. Briefe, Vereinbarungen, Verträge. Ich fand schnell ein weiteres Geschenk des Schicksals – Quints Mailwechsel mit seinem Vater. Ich sagte zu Kalo, wenn wir jemals das Fernsehen einschalten wollten, dann wäre jetzt der richtige Zeitpunkt.

»Kalo, ich habe eine Idee!«
»Was denn schon wieder?«
»Hast du die E-Mails an seinen Vater gelesen?«
»Ja, der Alte tut mir fast ein bisschen leid ...«
»Daraus machen wir eine Sendung!«
»Woraus genau?«
»Aus allem! Wir präsentieren Quint als Gerechtigkeitskämpfer, der in Wahrheit ein Stück Scheiße ist. Wir interviewen die Schwiegermutter, zeigen Fotos mit Minderjährigen, und dann Schwenk auf seinen Dad. Wie er da in der Pampa leben muss und sich sein Sohn einen Dreck um ihn schert.«
»Klasse, ich rufe gleich Onkel Wolodja an!«

Für alles zusammen, alle Aufnahmen und Absprachen, brauchten wir eine Woche. Sieben weitere herrliche Tage, während derer wir den Journalisten in den Wahnsinn trieben. Bolek kaufte sich eine Trompete und übte sieben Tage lang, alternierend mit dem Gewummer der Musik. Am Sonntag strahlte der staatliche Sender einen Beitrag über Quints Verrat am eigenen Vater aus. Die Stimme im Off kommentierte, wie Quint die amerikanische Botschaft verließ, las Ausschnitte aus seinen Zeitungsartikeln vor und erzählte dem Fernsehpublikum vom wenig beneidenswerten Schicksal des im Stich gelassenen alten Vaters.

Quint war in Koroljow geboren und mit achtzehn Jahren nach Moskau gezogen, um Publizistik zu studieren. Die Aufnahmeprüfung musste er ohne Hilfe schaffen, weil sein Vater damals schon ein starker Trinker war. Die Bilder im staatlichen Fernsehen zeigten einen erbärmlichen Penner in einer Wohnung, die aussah wie eine Müllhalde. Mein Plan war wieder aufgegangen! Ich triumphierte. Das Telefon des Journalisten lief heiß. Den ganzen Abend lang riefen ihn teilnahmsvolle Freunde an: »Antoscha, wir hatten keine Ahnung!«, »Antoscha, solche Aasgeier, was?«, »Antoscha, kann man dir irgendwie helfen? Ich kenne einen sehr guten Arzt!«

Genau auf solche Reaktionen hatte ich gezählt. Die Kommentare von irgendeinem Geschmeiß auf Social Media interessierten mich kein bisschen (zumal wir die sowieso zu neunzig Prozent selber schrieben). Nein, mir ging es um etwas anderes. Ich wollte Anteilnahme. Wollte Mitleid und Verständnis vonseiten der Kollegen, denn erst wenn dir jemand seine Unterstützung anbietet, wird dir richtig bewusst, dass dir Unrecht geschieht.

»Schweine! Schweine! Schweine!«, schrie Quint. »Wie verkommen muss man sein, um das alles so zusammenzustoppeln?«

»Ganz durchschnittlich, nur durchschnittlich verkommen, Schätzchen!«, sagte Kalo, im Auto sitzend. »Und wir sind keine Schweine. Nichts für ungut, Kleiner. Du bist keinen Deut besser als wir. Wir sind genau solche Jungs wie du. Nur kämpfst du auf der einen Seite und wir auf der anderen. Das ist alles ...«

»Arschgesichter!«

»Liebster, du könntest ein Interview geben, die Wahrheit erzählen.«

»Wen interessiert schon ein Interview mit mir? Wer würde sich das ansehen? Wie viele Leute wären in der Lage, die Wahrheit zu erkennen? Fünf? Oder zehn? Und überhaupt, wie stellst du dir das vor? Ins Studio gehen und denen erzählen, dass meinem Vater alles scheißegal ist? Dass ich einen erwachsenen Menschen nicht zwingen kann, sich eine Arbeit zu suchen? Dass er nicht zum Arzt gehen will? Soll ich ihn etwa an den Heizkörper fesseln und rund um die Uhr auf ihn aufpassen? Er ist ein ziemlicher Brocken, wie soll ich ihn zu irgendetwas zwingen können? Und wieso soll ich an allem schuld sein? Ich geb ihm Geld – und er versäuft's ...«

»Liebster, du weißt doch, dass sie dich nur aus der Fassung bringen wollen ...«

Bravo, Süße! Bingo! Genau das war unser Ziel. Und wir waren noch lange nicht fertig. Schon am nächsten Abend sahen Arina und Anton, als sie den Fernseher einschalteten, wie mehrere gut gekleidete Männer (berühmte Schriftsteller, Regisseure und Politiker, die Haute Volée der lasurblauen Jachten) hitzig über das Schicksal des Journalisten diskutierten:

»Und so ein Mensch will uns erzählen, wie man richtig lebt! Wie man hier leben soll, in unserem Land! Nicht genug damit, dass er sich von Feinden finanzieren lässt, nicht genug damit, dass er die Wahrheit über unseren Staat absichtlich verdreht, sehen Sie nur, was er aus seinem Vater gemacht hat!« (Missbilligende Seufzer des Publikums im Studio.)

»Darauf wollte ich Sie auch gerade hinweisen. Wir haben es hier meiner Meinung nach mit einem hundsgewöhnlichen Liberalen zu tun, mit einem prowestlichen Bastard, dem der eigene Vater nichts wert ist, wenn dieser Vater nicht in der Lage ist, ihm wenigstens ein paar mickrige Euro abzugeben!«

»Ja, genau!«, hakte Wladimir Slawin mit einem kurzen Blick zum Souffleur ein. »Da bin ich hundert Prozent Ihrer Meinung! Wir Russen lassen die Unsrigen nicht im Stich.« (Applaus im Studio.) »Und warum geht Quint mit seinem Vater so um? Weil er kein Russe ist! Er hat nichts von einem Russen! Keine Spur von unserem großen Volk ist mehr in ihm! Er ist erbärmlich. Ich gebe zu, ich habe ein paar Artikel von ihm gelesen – mich will er ja auch in die Enge treiben, mich bloßstellen. Er schreibt, ich hätte Konten ...«

»Aber ohne Fakten, natürlich!«

»Ja, natürlich, ohne Fakten! Aber ich nehme ihm das nicht übel, und wissen Sie, ich wollte eigentlich etwas anderes sagen. Ich wollte sagen, dass dieser Mensch uns, die Russen, beschuldigt, dass wir nicht richtig leben, dass wir rückständige, minderwertige, dreckige, arme Leute seien, während er selbst ein ach so progressiver Liberaler sei. Aber was sehen wir? Wir sehen, dass er seine Frau betrügt. Sehen, wie er den eigenen Vater behandelt ...«

»Ich weiß, dass Sie Quints Vater finanziell unterstützt haben.«

»Warum müssen Sie das hier breittreten? Ich habe ihm ja nicht für die Kamera geholfen! Als ich den Beitrag über Quints Vater gesehen habe, hat mir einfach das Herz geblutet. Ein waschechter Russe, und muss so dahinvegetieren. Ich habe diesen Mann sogar angerufen, wollte persönlich mit ihm sprechen. Ihn fragen, wie man ihm helfen kann. Und wissen Sie, was er mir gesagt hat?«

»Nein, was denn?«

»Er hat gesagt, er habe das Handtuch geworfen, nachdem sein Sohn ihn verlassen hat und zum Geldscheffeln nach Moskau gegangen ist. Den Kopf hat dieser Mann hängen lassen, als er erfuhr, dass sein Junge – ein ganz normaler junger Russe, um dessen Erziehung er immer besorgt war – zum Verräter geworden ist. Wissen Sie, was er mir gesagt hat? Goldene Worte hat mir dieser Mensch gesagt: ›Politiker muss man nicht lieben, Abgeordnete und Minister muss man nicht lieben, aber den Präsidenten muss man lieben, weil der Präsident das Vaterland ist, und mein Sohn liebt sein Vaterland nicht.‹ Und ich habe diesem einfachen Russen schweigend zugehört und verstanden, dass dieser Mensch nur wegen seines Sohnes zum Trinker geworden ist. Er trinkt nur deswegen, weil sein Sohn, oder vielmehr sein ehemaliger Sohn, dem Vater und dem Heimatland Geld, Komfort und ein paar Kekse von der Botschaftstafel vorzieht.«

»Also, mich persönlich hat diese Geschichte

auch sehr gekränkt. Wirklich, sehr gekränkt! Als ich heute Morgen angerufen und in die Sendung eingeladen wurde – da habe ich sofort zugesagt. Und zwar, weil ich meine Pflicht spürte, nur diese eine einzige Frage zu stellen: Haben solche Menschen das Recht, in unserer Gesellschaft zu leben?« (Applaus im Studio.) »Wenn ihm Europa so gefällt, wo Kinder ihre Eltern ins Altersheim stecken, wo sie russischen Müttern die Kinder wegadoptieren, nur um sie dann zu missbrauchen, vielleicht sollte er dann Frau und Kind zusammenpacken und dorthin verschwinden?« (Applaus.) »Wir Russen sind kein böses Volk. Wir fordern nicht, ihn wegen Nestbeschmutzung einzusperren – obwohl es nicht schaden könnte, ihn mal herzhaft übers Knie zu legen.« (Applaus.) »Nein, erlassen wir ihm die Strafe, aber ich frage Sie: Warum sollten wir ein solches Aas unter uns dulden?« (Applaus.)

»Wissen Sie«, nahm Wladimir Slawin den Faden wieder auf, »ich bin sehr froh, dass das heutige Gespräch in so einer positiven Stimmung verläuft, auch wenn das Thema schwierig ist. Ich finde es gut, dass hier keine revanchistischen Ideen aufkommen. Nein, alle bleiben sachlich. Also, stellen wir diese Frage doch Herrn Quint! Wenn ihm unser Land so missfällt, wenn er in all den Jahren nicht gelernt hat, es zu lieben, dann sollte er vielleicht wirklich irgendwohin gehen, wo es ihm mehr behagt, wo an erster Stelle die Finanzen stehen und erst dann menschliche Gefühle.« (Applaus.) »Ich glaube nicht, dass es hier jemanden stören würde, wenn wir diesen – Sie verzeihen meine Unhöflichkeit – Ochsen loswerden!« (Stürmischer Applaus.)

»Außerdem denke ich, wir sollten uns an den Präsidenten wenden und ihn bitten, Quint und anderen Verrätern seiner Art die Staatsbürgerschaft zu entziehen!« (Standing Ovation im Studio.)

»Mit diesem Vorschlag bin ich absolut einverstanden!« (Nicht enden wollender Applaus.) »Wenn die Zeiten anders wären, könnten wir solche Schweinehunde einfach ignorieren. Aber heute, wo Russland von Feinden umzingelt ist, sind wir geradezu verpflichtet, Maßnahmen zu ergreifen. Mehr noch, wir sollten eine umfassende Liste dieser Spione erstellen und alle des Landes verweisen.« (Applaus.) »Unsere Staatsanwaltschaft, unsere Ermittlungsbehörden müssen auf jedes Scheusal, das versucht, in unserem Land aufzumucken, unverzüglich aufmerksam gemacht werden!« (Applaus.)

»Ja, genau! Wir als Patrioten haben nicht das Recht, untätig zuzusehen! Und ich bin froh, dass unser Fernsehen, unser öffentliches und somit unabhängiges Fernsehen, das Problem der Volksverräter aufgreift, weil, wenn wir diese Chance verpassen, wenn wir diese Linie überschreiten, dann ist es aus, dann haben wir verloren! Denn wie gehen unsere Feinde vor? Sie schicken eine solche Person, eine zweite, eine dritte, fünfte, und beginnen schön langsam, in unserem Land Unruhe zu stiften. Viele sagen ja, dass bei uns die Fabriken nicht funktionieren, dass die Beamten stehlen, aber warum? Ist denn der Russe kein Freund der Arbeit? Trinkt er denn, wenn er Arbeit hat? Natürlich nicht! Er trinkt nur, weil diese Spione ihm die Arbeit wegnehmen, ihn ausbremsen, ihm Prügel vor die Füße knallen. Die Beamten seien korrupt, sagen sie. Ja, würde denn ein Russe von einem anderen Russen Geld annehmen? Natürlich nicht! Ein Russe würde sein letztes Hemd geben, und es ist offensichtlich, nur zu offensichtlich, dass diese Schmiergeldnehmer von ausländischen Agenten angestiftet werden, die man zu uns geschickt hat, damit sie uns anschwärzen. Wenn der Westen nicht wäre – dann hätte es bei uns überhaupt niemals Korruption gegeben!« (Applaus, Werbepause.)

Dank unserer Funkgeräte hörten wir, dass Quint die Sendung schweigend verfolgte. Während der gesamten vierzig Minuten sagte er kein einziges Wort. Arina presste sich wahrscheinlich die Hand auf den Mund, ihre Stimme zitterte.

»Anton, was passiert jetzt mit uns? Kommst du ins Gefängnis? Werden sie dich verklagen?«

»Hör auf mit dem Unsinn«, entgegnete ihr Mann schließlich. »Achte nicht darauf, meine Liebe, das ist alles nur leeres Geschwätz. Ich will einfach nur schlafen, lass uns zu deiner Mutter fahren.«

»Bring mich und die Kleine hin, und fahr dann ins Hotel, Schatz. Mama hat mich gebeten, dass du nicht mehr zu ihr mitkommst ...«

PAUSE

Durchführung

Eine ständige Unruhe ist das wichtigste Merkmal der Durchführung.

Durch das Gras kroch noch der Nebel. Wladimir Slawin stand im Garten. Er reflektierte seinen Fernsehauftritt und betrachtete den Bienenstock, den ihm kürzlich der Patriarch geschenkt hatte. Es war ein schöner Bienenstock, in Form der Christ-Erlöser-Kathedrale. Slawin versuchte dahinterzukommen, warum die Bienen nicht hineinfliegen wollten. Ein paarmal schon hatte er berühmte Imker beigezogen. Die Profis hatten Lockmittel und Köder eingesetzt, aber nichts hatte geholfen, die Bienen ignorierten den Stock hartnäckig. Es hieß, dasselbe sei mit dem Geschenk an den ehemaligen Bürgermeister passiert, doch da sei das Problem irgendwie gelöst worden, die Bienen hätten sich gefügt. Hier aber gab es keinen Erfolg, die Insekten blieben stur.

Plötzlich erhob sich Geschrei. Zuerst schrie ein

Kind, dann etliche Personen gleichzeitig. Wladimir Slawin drehte sich zum Haus um und rief laut:

»Was ist denn bei euch los? Was schreit ihr so, um diese Uhrzeit schon?« Niemand antwortete, aber es war klar, dass etwas passiert war. In mehreren Zimmern nacheinander ging Licht an. Der Chauffeur kam angerast und legte vor dem Haus eine Vollbremsung hin.

»Was geht denn da ab, sagt mal?!«

Anatoli, das Nesthäkchen, hatte seinen Arm in die pneumatische Guillotine zum Schinkenschneiden gesteckt. Jetzt war die ganze Küche voller Blut, und der Koch, der sich schon mehrmals die Finger gekappt hatte, hatte japsend vor Aufregung erklärt, man müsse den oberhalb des Ellbogens abgetrennten Arm sofort in einen Beutel mit Eis packen und den Stumpf mit einem Gurt abbinden. Wundersamerweise hatten alle ruhig und effizient gehandelt, und schon nach wenigen Minuten war Anatoli unterwegs zum Krankenhaus. Erst jetzt berichteten sie dem Vater, was geschehen war. Wladimir Slawin alarmierte sofort die besten Ärzte des Landes.

Als Alexander das Krankenzimmer betrat, schlug sein kleiner Bruder die Augen auf.

»Wie geht's dir, Großer?«

»Aua.«

»Was hast du denn gedacht? Natürlich ist das aua.«

»Lange?«

»Ein paar Wochen wirst du es aushalten müssen. Ich habe den Arzt gefragt, er hat gemeint, das wird alles wieder. Du wirst viele Übungen machen müssen, aber der Arm wird wieder gut.«

»Kannst du ihnen sagen, dass sie mir das iPad zurückgeben sollen?«

»Darfst du noch nicht. Sag mir lieber: Warum hast du das gemacht?«

»Was gemacht, Sascha?«

»Warum hast du den Arm in dieses Teufelswerk gesteckt?«

»Ist mir passiert.«

»Lüg mich nicht an! Ich weiß doch, dass es Absicht war. Ich sag's niemandem.«

»Wirklich niemandem?«

»Ja.«

»Ich glaub dir nicht.«

»Ich verspreche es dir …«

»Diesen Sommer habe ich in Frankreich im Fernsehen gesehen, wie ein Junge aus Montpellier, dem ein Arm fehlte, eine Prothese bekommen hat. Genau wie ein Roboter! Er konnte alles damit machen. Ich hab gedacht, wenn mein Arm ab ist, krieg ich auch so eine.«

»Herrgott noch mal, Tolja, und weiter?«
»Dann wäre ich ein Cyborg ...«
»Hör mal zu, Großer, wenn du Cyborg werden willst, musst du doch nicht den Arm in eine Guillotine stecken!«
»Ich wollte einen Roboterarm haben.«
»Wozu?«
»Dann könnte ich alle Feinde töten.«
»Was für Feinde?«
»Hab ich im Fernsehen gesehen, Papa sagt, unser Land hat viele Feinde, überall sind Feinde ...«

PAUSE

Jeden Abend kehrte ich zurück in mein neues Zuhause: Kalos Wohnung. Zwei Zimmer mitten im Moskauer Stadtzentrum. Er konnte sich das schon leisten, ich noch nicht. Manchmal bearbeiteten wir zusammen die Spielkonsole, häufiger hörte ich zu, wie mein Freund sich nebenan anderweitig vergnügte. Während Kalo seinen Spaß hatte, betrachtete ich die Fotos meiner Tochter, die mir Karina schickte, und dachte an den nächsten Tag. Ich hielt einen Joystick in der Hand, und auf dem Bildschirm blinkten acht Buchstaben: Game over.

Alle meine Gedanken kreisten (klare Sache) rund um den Journalisten. Quint hatte Arbeit, Wohnung und Familie. Sein journalistisches Geschreibsel löste zuverlässig eine Reaktion aus. Alle diese nicht totzukriegenden Liberalen stürzten sich auf seine Artikel. Ab einem gewissen Punkt begann er, mich zu ärgern. Dieser flammende Pappnasenheld! Diese Witzfigur! Dieses Aufrecht-geh-ich-zugrunde-Jüngelchen, bei dem aus jeder noch so kleinen Notiz das Pathos troff. Der aus irgendeinem Grund als talentiert galt, dabei war er ein hundsnormaler Dilettant! Ich hätte viel besser geschrieben. Zu viele Verallgemeinerungen, Banalitäten, freiheitsliebendes Geschwafel. Oberstufenkolumnist. Hüter der

Binsenweisheit. Null Neues. Nur Tratsch. Blabli, blabla, Demokratie und der ganze Firlefanz. Wenn ich sein Gestammel durchblätterte, verstand ich ehrlich gesagt nicht einmal, warum Onkel Wolodja ihn so auf dem Kieker hatte. Unspektakuläres Palaver. Auch die Fakten, mit denen Quint jonglierte, konnten mich nicht beeindrucken. Wieso investierte jemand so viel Kosten und Mühen, um diese Knalltüte loszuwerden? So ein seltsames und vor allem überbewertetes Spiel. Einmal, da hatte Kalo gerade mal wieder eine Schülerin konsumiert, kamen wir sogar darauf zu sprechen:

»Weißt du, ich frage mich immer öfter: Wozu der ganze Aufwand mit diesem Quint?«

»Das frag ich mich auch die ganze Zeit! Aus Sicht der Steuerzahler sind wir natürlich im Unrecht. Ich zum Beispiel zahle immer brav meine Steuern. Auf alles, sogar auf das Gehalt, das Onkel Wolodja mir zahlt. Die Misere in diesem Land ist nicht, dass es keine starken Politiker gäbe – die Misere in diesem Land ist, dass niemand bereit ist, sich an die Regeln zu halten. Sogar diese liberalen Stinker wollen, dass der Staat ihr Mentor ist, ihr oberster Trainer und ihr Feind. Alle behaupten, sie wollen leben wie in Europa, aber keiner kommt mit einem europäischen Alltag zurecht. Europäer sein ist verantwortungsvoll und schwierig, viel schwieriger, als unsere fortschrittliche Minderheit denkt. Aber egal, ich war bei den Steuern. Als Steuerzahler gefällt es mir natürlich nicht, dass mein Geld für so einen Unfug ausgegeben wird. Billiger wäre es, ihn einfach umzubringen. Hätte unsere Operation einen fähigen Producer gehabt – oh, der hätte sich die Haare einzeln ausgerissen! So viele vergeudete Ressourcen! Ja, wir arbeiten schön und fein, das schon, aber wer außer Quint kann unser Werk entsprechend würdigen? Angenommen, wir hätten die Möglichkeit, mit Quint zu reden und ihn wählen zu lassen: Qualen oder einen schnellen Tod? Ich bin mir gar nicht so sicher, dass er Ersteres nehmen würde. Und wählt er den Tod – was kostet der schon? Was kostet es heutzutage, einen Menschen zu töten?«

»Keine Ahnung, Kalo, ich hab noch nie einen Menschen getötet.«

»Sagen wir, dreihunderttausend.«

»Na, schon mehr!«

»Da täuschst du dich! Erstens kommt es drauf an, wen, und zweitens, wer es macht. Ich garantiere dir, dass du und ich in Sibirien einen Kerl finden würden, der ihn für zehntausend umlegt.«

»Ist auch wieder wahr …«

»Also, rechne mal nach. Zehntausend versus die Millionen, die wir für diese Operation verschleudern. Besser würden wir die seiner Frau geben!«

»Ich hab gedacht, du bist kein Anhänger solcher Methoden.«

»Einerseits, ja. Aber andererseits, wenn man sich's überlegt ... Was macht ihm das aus, wenn wir ihn killen? Ich meine, ihm höchstpersönlich, hm? Absolut nichts! Der Mensch hat ja keinen Begriff vom eigenen Tod. Du lebst, und dann lebst du nicht mehr. Das ist alles. Wir müssen endlich verstehen, dass nicht wir sterben, sondern nur die Leute um uns herum. Wenn du stirbst, kriegst du das selber gar nicht mit. Keine schwarze Leinwand mit dem Wort *Ende*. Insofern gibt's da kein Problem. Das Einzige, was uns kümmern müsste, wäre, dass wir einen Menschen seiner Familie entreißen. Das ist das eigentliche Problem. Wenn wir ein Todesurteil vollstrecken, bestrafen wir nicht den Verurteilten selbst, sondern seine Angehörigen. Die Leute, die meine Eltern ermordet haben, haben mich bestraft. Für nichts und wieder nichts. Sie hätten auch mich abstechen können – haben sie aber nicht, weshalb auch immer. Wer leidet, wenn wir Quint töten? Er selber? Nein. Leiden würden seine Frau und seine Tochter, die ihr Leben lang ohne Vater wäre. Daher wäre es logischer und billiger, ihn einfach umzulegen. Es wäre leichter für ihn und für uns ... Aber so ... So müssen wir wohl seine Frau bumsen.«

»Was redest du denn da, Kalo?«

»Bist du etwa nicht meiner Meinung?«

»Ich gebe dir recht, dass es hypothetisch für den Auftraggeber billiger wäre, den Journalisten einfach umzulegen, aber das war ja wohl nicht deine Frage? Was sagst du da von seiner Frau?«

»Ich hab daran gedacht, sie zu vergewaltigen.«

»Spinnst du komplett?!«

»Okay, ich werde sie nicht bumsen. Nur so ein bisschen mit dem Schwanz rummachen, und fertig.«

»Das machst du nicht!«

»Dann vielleicht lieber du?«

»Nein!«

»Warum nicht? Wenn ich es vorschlage, und Onkel Wolodja befiehlt es dir? Was dann, verweigerst du? Springst du ab? Sagst, du kündigst? Bei uns kann man nicht kündigen, Bruder, oder hast du deinem Schwiegervater schon alles zurückgezahlt?«

Ich schwieg. Kalo grinste und schlug mir auf die Schulter.

»Ach komm, lass mal, piss dir nicht ins Hemd. Ist alles noch nicht zu Ende gedacht, aber ich glaube, die Idee ist gut. Inzwischen lass uns Agata einschalten.«

Dagegen hatte ich nichts. Zweifellos war jetzt der Zeitpunkt gekommen, die Hure ins Spiel zu bringen. Quint konnte nicht mehr schlafen, brachte Tag und Nacht durcheinander, stritt immer öfter mit seiner Frau. Es war fast schon amüsant zu sehen, wie er die Stille suchte. Er kaufte sich Ohrstöpsel, brachte Arina zu ihrer Mutter, setzte sich in irgendeinem Park oder Friedhof auf eine Bank und blieb dort stundenlang reglos sitzen. Dann checkte er in einem Hotel ein, wo er vor dem Einschlafen fünf oder sechs Zimmer durchprobierte und in jedem etwas an der Schallisolierung auszusetzen hatte.

Im Good Times ließ er die Musik ausmachen, und zur Verwunderung aller wurde er mehrmals handgreiflich gegenüber Freunden, die seiner Meinung nach zu laut redeten.

Quint war genervt von seiner Frau. Auf einmal kam es ihm so vor, als würde Arina geräuschvoll schmatzen und widerlich laut ihren Tee in sich hineinschlürfen. Es machte ihn rasend, dass sie sich auch noch die Haare föhnte, anstatt die Waschmaschine auszuschalten, die ratternd im Kreis schleuderte. Die Stimme der geliebten Frau wurde ihm zuwider.

»Wieso telefonierst du so lange?«
»Anton, ich habe auch Sachen zu erledigen.«

»Versteh ich ja, aber wozu wiederholst du alles hundertmal? Du sagst immer dasselbe!«

»Hör halt nicht hin.«

»Ich kann so einen Schwachsinn nicht überhören. Was ist denn das für eine debile Person am anderen Ende?«

»Meine Mama.«

»Dann ist ja alles klar!«

»Weißt du was, Anton, du kannst mich mal!«

»Und du bring mal deine Tochter zur Ruhe!«

PAUSE

Quint war komplett am Ende. Ich verstehe nichts von Psychiatrie, keine Ahnung, wie das dort heißt, aber es war klar, dass er sich nicht mehr unter Kontrolle hatte. Blaue Flecken, dunkle Ringe unter den vom Schlafmangel geröteten Augen. Er schnauzte andauernd Frau und Kind an, meckerte herum, rauchte. Warf sich einen Mix aus Kaffee, Zigaretten und Beruhigungsmitteln ein ... An den Mittwochabenden spielte Quint mit Freunden im Luschniki-Stadion Fußball. Mit lauter Journalisten, Fotografen und Redakteuren. Die ganze goodgetimte Wichserpartie. Mit jedem Mal freuten sich die Jungs weniger über Quints Kommen. Warum? Weil alle die Schnauze voll hatten.

»Weg mit euch, verdammt, ab in die Defensive, ihr Ochsen!«

»Antoscha, hör auf rumzubrüllen!«

»Verpiss dich nach hinten, du Kadaver!«

»Bin ja schon weg!«

»Einen Scheiß bist du! Ihr vermasselt jeden Ball! Verpiss dich nach hinten, und bleib da! Vorn hast du nichts verloren!«

»Reiß dich zusammen! Spiel du mal deinen Nebenmann an! Was schießt du übers ganze Feld, wo du doch siehst, dass die den Ball nicht annehmen können?«

»Er war frei – da hab ich rübergepasst!«

»Und für was? Spielst direkt den anderen vor die Füße.«

»Hängt euch richtig rein, dann haben wir den Ball.«

»Wir leisten unseren Einsatz – aber was machst du eigentlich? Du gehst uns schon allen auf den Sack mit deinem Gebrüll! Was ist mit zwischenmenschlichem Respekt?«

»Zwischenmenschlichem was?! Mich lässt du da auf und ab rennen, und selber pfefferst du von der Eckfahne aus Richtung Tor!«

»Was hast du denn, ist das hier ein Pokalspiel, oder was?«

»Pokalspiel, dass ich nicht lache! Aber ihr habt uns so aufgeteilt, dass wir lauter Lahmärsche haben, und die anderen spielen mit uns Katz und Maus!«

»Teilen wir halt die Gruppen neu ein, wenn du schon so stinkig bist.«

»Dein Vater ist stinkig.«

»Anton, pass auf, was du sagst!«

»Pass selber auf, du Wichser!«

»Jetzt reg dich doch endlich mal ab, Anton! Wir sind nicht hier, um uns anzubrüllen, sondern um ein bisschen zu spielen, rein zum Spaß.«

»Ja, bei euch ist alles nur zum Spaß! Im Leben

genauso wie hier. Ihr kämpft im echten Leben genauso erbärmlich wie auf dem Fußballplatz.«

»Anton, wenn's dir nicht gefällt, dann spiel mit wem anderen!«

»Da mach dir mal keine Sorgen – mich seht ihr hier nicht mehr!«

Anton und seine Frau fuhren für zwei Tage nach Sankt Petersburg. Sie dachten, ein Wochenendausflug würde ihnen guttun. Dumm und dümmer. Gute Reise! Wir verschafften uns Zutritt zu ihrer Wohnung. Ich brannte insgeheim schon lange darauf zu erfahren, wie er lebte. Bis dahin hatte ich sein Zuhause nur gehört, jetzt konnte ich es sehen: Wohnzimmer, Schlafzimmer, Kinderzimmer. Und ich muss sagen, er wohnte nicht übel. Ich hatte gar nicht geahnt, dass ein Journalist sich so eine Einrichtung leisten konnte. Sieh mal einer an. Moskau ist eben Moskau. Ich ging durch seine Wohnung, musterte seine Sachen und dachte, wenn das Leben nur gerecht wäre, könnte auch ich so wohnen. Keine Ahnung, warum, aber besonders hat sich mir seine Büchersammlung eingeprägt. Die Bücher stapelten sich in der ganzen Wohnung – im Klo, im Wohnzimmer, in der Küche. Auf dem Flur gab es eine richtige Bibliothek, aber gemerkt habe ich mir nur jene Titel, die über seinem Schreibtisch standen.

Rachmaninow, Schaljapin, Mereschkowski, Tarkowski, Herzen, Brodsky, Kandinsky, Berdjajew, Bunin, Rostropowitsch, Ljubimow, Bukowsky, Baryschnikow, Nabokov, Solschenizyn, Gasdanow, Lichatschow, Schalamow, Nurijew, Aljochin und Kuprin. Wahrscheinlich war Quint nicht einmal bewusst, dass die meisten von ihnen im Ausland gestorben waren. Auch die Dimension der Operation, die sein Schicksal bald mit ihrem verbinden sollte, konnte er nicht erahnen.

Als ich das Kinderzimmer betrat, knöpfte Kalo sich gerade die Hose zu. Zuerst bemerkte ich den Gestank, dann fiel mein Blick auf das Bett.

»Wieso hast du das gemacht?«

»Ich hatte Bauchgrimmen.«

»Aber das ist ein Kinderbett, Kalo!«

»Ja und, was kratzt mich das? Wozu sind wir denn sonst hier? Hast du nicht selber gesagt, dass wir ihn von allen Seiten rannehmen müssen?«

»Ja schon, aber das ist ein Kind, verdammt ... Was hat die Kleine damit zu tun? Alles hat seine Grenzen ...«

»Was für Grenzen, Lew? Wovon redest du? Tut er dir etwa plötzlich leid?«

»Natürlich nicht! Es geht mir um etwas ganz anderes!«

»Und worum?«

»Darum, dass wir womöglich übertreiben, verstehst du?«

»Übertreiben? Ist doch prima! Dann verpisst er sich früher, kann uns doch egal sein!«

»Das meine ich nicht … Ich meine, er kann sich etwas antun. Sieh ihn dir doch an! Er hat sich schon jetzt nicht mehr unter Kontrolle, macht seine Frau zur Schnecke. Ich war beim Stadion und habe beobachtet, wie er mit seinen Freunden Fußball spielt – er ist ein richtiger Psycho geworden, schreit seine Nächsten genauso an wie Fremde, wird sofort handgreiflich, geht Leuten an die Gurgel.«

»Beim Fußball führen sich alle so auf. In Russland ist Amateurfußball der Ersatz für Psychotherapie. Ist doch gut, soll er sich abreagieren.«

»Unser Ziel war, ihm das Leben zur Hölle zu machen. Das haben wir erreicht. Aber wir haben keinen Plan, wie wir diese Hölle kontrollieren wollen. Er ist mittlerweile bereit, jeden beliebigen Menschen in der Stadt anzufallen. Quint schlägt permanent um sich, er hält nichts mehr aus.«

»Und weiter?«

»Und weiter kann er jeden Moment eine Rauferei anfangen, und irgendso ein Murat oder Ahmed wird ihm den Schädel einschlagen.«

»Na ja, wenn das zufällig passiert, was können wir dafür? Das Aggressionslevel im Land ist eben ziemlich hoch, du weißt ja, auch wir beide können jederzeit zum Handkuss kommen.«

»Das würde uns Onkel Wolodja nie verzeihen.«

»Ich glaube, der wäre froh.«

Ich gebe zu, das mit der Scheiße im Kinderzimmer war doch eine gute Idee. Man weiß nicht, wie Quint sich an jenem Abend verhalten hätte, wäre er von heimeliger Stille und Ruhe umgeben gewesen. Aber so ...

Anton sperrte die Wohnungstür auf und trug das schlafende Kind zum Bett, konnte es aber natürlich nicht hineinlegen. Er drückte die Kleine seiner Frau in die Arme und sagte: »Geh da nicht rein.« Er holte einen Müllsack aus der Küche, bezog das Bett neu und sagte zu Arina, er gehe noch spazieren. Perfekt, oder?

Heiliger Bimbam, Quint war so was von zerstört! Egal, wie dicke Eier einer hat, in solchen Momenten wird ihm klar, dass die Schlacht verloren ist, dass es besser wäre, die weiße Flagge zu hissen ... Aber vor wem? Er wusste noch immer nicht, wer sein Feind war. Ich glaube, schon zu diesem Zeitpunkt hätte er bereitwillig das Land verlassen, aber wir wollten auf Nummer sicher gehen ...

Wir nahmen die Verfolgung auf. Der Richtung

nach zu schließen, war Quint unterwegs ins Good Times. Wir schickten Agata sofort dahin los. Ich hatte keine Zweifel, dass er anbeißt. An jenem Abend konnte er kaum mehr Tag und Nacht unterscheiden. Durchaus möglich, dass er ernsthaft glaubte, das alles sei ein Traum.

Ich setzte mich in Agatas Nähe und wartete auf Quint. Während der Journalist noch im Anmarsch zu seiner nächsten Falle war, lauschte ich den betrunkenen Gesprächen seiner Kollegen. Diese Clowns übertrumpften einer den anderen, ständig im Versuch, einander zu beeindrucken. An jenem Abend, das weiß ich noch, stellte sich ungefähr fünf Minuten vor Quints Erscheinen sein Freund Mitja auf einen Stuhl und hielt eine Rede:

»Der Präsident ist am Ende! Aus ist's mit dem Präsidenten! Wir dachten alle, er würde ewig währen, er sei unerschütterlich, aber gerade, als unsere Angst ihren Höhepunkt erreicht hat, genau in diesem heiligen Moment, als wir glaubten, er würde uns ewig regieren – da hat er seine Macht über uns verloren. Wir verfluchen und hassen ihn weiter, dabei wäre es höchste Zeit, ihn zu bedauern. Das Leben eines jeden Herrschers erreicht irgendwann den Punkt, an dem er nur mehr Mitleid erregt. Eines Tages wird unser Präsident spüren, dass seine Generäle, seine Berater, seine Vizepremiers und sonstiges Teufelspack ihn verraten haben. Sie brauchen noch sein Bild, als Symbol des großen, strammen, starken Führers, aber ihn selbst brauchen sie nicht mehr. Uns jagt er noch Angst ein, aber sie fürchten ihn längst nicht mehr. Sie nennen ihn einen alten, benutzten Präser!«

Mitja schloss gerade, als Quint das Restaurant betrat. Der Freund lief auf Anton zu, der an der Bar neben Agata Platz nahm.

»Antoscha, wie geht's dir? Ich habe alles über dich gehört. Was für eine Riesenscheiße! Solche Arschlöcher, solche Arschlöcher aber auch! Weißt du jetzt, wer dahintersteht?«

»Nein …«

»Slawin, wird gemunkelt.«

»Vielleicht.«

»Ja … Ich weiß ja auch nicht … An deiner Grube stehen halt jetzt schon an die fünf Leute! Ja, ich glaube, fünf sind es mindestens. Du hast so vielen die Suppe versalzen! Die sind jetzt alle an deiner Beseitigung interessiert. Die einen wollen dich aus dem Spiel nehmen, die anderen wollen Blut sehen. Die Dritten setzen darauf, dass du abhaust, sofern dir das gelingt, aber auch das ist jetzt unwichtig – der Punkt ist, dass du ein Bär bist! Ein Bär, Anton! Du bist ihr Bär, den sie in einer Grube gefangen haben, und das nicht, um ihn plötzlich freizulassen.

Wenn du überlebst, sperren sie dich in einen Käfig und fahren zurück in die Stadt. Sie halten dich gefangen, bis es ihnen einfällt, die nächste Runde einzuläuten.«

»Mitja, wie viel hast du intus?«

»Wie immer, wieso?«

»Das ist ja alles sehr interessant, was du erzählst, aber ich wäre jetzt gern einen Moment allein.«

»Die stopfen dich aus! Ich bin mir sicher, die stopfen dich aus, Alter! Du musst abhauen. Ganz dringend!«

»Ich will mein Land nicht verlassen. Sollen sich lieber diese Gopniks vertschüssen.«

»Ha-ha-ha! Die ganze Geschichte dieses Landes läuft darauf hinaus, dass das Geschmeiß Menschen wie dich hinausekelt, und du erwartest, dass sich das plötzlich ändert.«

»Mitja, lass mich bitte!«

»Wie du meinst, Alter, wie du meinst. Ich sag dir eins: Verschwinde! Such so bald wie möglich das Weite.«

Als Mitja weg war, ließ Quint mit verschränkten Armen den Kopf auf den Tresen sinken. Ich dachte, er würde gleich einschlafen, also gab ich Agata ein Zeichen.

»Schweren Tag gehabt, hm?«

»Wie kommen Sie darauf?«, brummte Quint, ohne den Kopf zu heben.
»Sie sehen müde aus.«

Agata kriegt jeden herum. Zudem leistete Quint kaum Widerstand. Schon eine halbe Stunde später fuhr sie mit ihm weg. Ein paar der üblichen Phrasen, scheinbar unabsichtliche Berührungen der Beine. Zwei, drei Gläser Wein, natürlich für ihn, nicht für sie, und was eben dazugehört. Hier, bitte sehr. Ort, Datum, Unterschrift. Fünf Minuten vor Hochverrat …
Als Quint im Morgengrauen nach Hause kam, traf er Arina in der Küche an. Sie schüttelte ein Fläschchen – seit einer Woche blieb ihre Milch aus. Ich weiß nicht, ob sie was gemerkt hat oder nicht, ob sie mit ihm gesprochen hat oder nicht, ist aber auch egal. Wir waren jetzt im Besitz eines Videos mit Quints Bettakrobatik, und ich glaube, das dämmerte ihm bereits.
Wahrscheinlich ging er, ohne seiner Frau was zu sagen, in die Bibliothek, nahm ein Wörterbuch zur Hand und schlug das Wort »Jagd« nach. Dann las er vielleicht, dass eine Jagd erbittert oder rasend sein konnte, methodisch oder eine Bärenhatz. Er las, dass es regelrechte, journalistische und gnadenlose Jagden gab.

Möglicherweise setzte Anton sich auf den Boden und dachte darüber nach, welches Adjektiv wohl am besten zu der Jagd auf ihn selbst passte. Massiv? Originell? Kunstfertig? Alle diese aufgelisteten Wörter hatten bis zu einem gewissen Grad ihre Berechtigung. Die Jagd auf ihn war sowohl journalistisch als auch täglich als auch pausenlos. Eine verdeckte, rasende und tollwütige Hetze. Sie war gemein und bemerkenswert leise. Pause.

Am Tag nach dem ersten Ehebruch wurde Quint irgendein Preis verliehen. Alte Gutmenschen wollten den jungen Kollegen unterstützen. Formal war der Anlass Quints dystopische Erzählung über einen Journalisten, aus der sie Auszüge in ihrer Literaturzeitschrift veröffentlicht hatten. Wir schickten nicht nur Agata zur Zeremonie, sondern mischten uns auch selbst unters Publikum. Ich weiß noch gut, wie ich in der ersten Reihe saß und Quint, schon damals immer wieder stockend, seine Rede hielt:

»Vor einiger Zeit wurde ich von der Absicht in Kenntnis gesetzt, dass meine bescheidenen, kaum bekannten literarischen Fähigkeiten ausgezeichnet werden sollen. Ich gebe zu, ich war aufgeregt und erfreut. Meine Emotionen glichen am ehesten denen eines jungen Fußballers, der von der Ersatzbank in die Kernmannschaft wechselt.

Tag für Tag polierst du deine Worte und lässt dich nur durch das Studium der Technik großer Meister ablenken. So wie Nabokow, der einst im Trinity College das Tor hütete, trainierst du hart und unablässig, und eines Tages wirst du entdeckt. Mehrere Trainer deuten an, dass du unter bestimmten Umständen ernsthaft mitspielen könntest …

Heute möchte ich diesen Trainern meine Dankbarkeit bekunden. Möchte der Literaturzeitschrift meinen Dank aussprechen, die freundlicherweise Auszüge aus meiner Dystopie veröffentlicht hat – meinen aufrichtigen Dank, weil es in der Literatur genauso wie im Fußball und in jeder anderen Kunstform darum geht, dass der Autor sich seiner Kräfte sicher fühlen muss.

Bei dieser Gelegenheit möchte ich dem Trainerteam nicht nur danken, sondern auch etwas versprechen. Ich versichere euch, dass ich alles, was in meiner Macht steht, tun werde, um niemals und unter keinen Umständen meine literarische Integrität einzubüßen. Ich verspreche, mich nicht auf meinen Lorbeeren auszuruhen und nach Rückschlägen nicht aufzugeben. Ich erkläre mich bereit zu jeder Bewährungsprobe, egal, ob ich meinem eigenen Text oder der Willkür eines Gerichts ge-

genüberstehe. Und obwohl es nicht üblich ist, mit dem Schiedsrichter zu streiten, verspreche ich in Anwesenheit meiner Fans, jedem Richter zu widersprechen, der sich erlaubt, die Spielregeln falsch auszulegen. Ich verspreche, Einladungen in Mannschaften abzulehnen, denen Tyrannen die Daumen drücken, und niemals, unter keinen Umständen, an getürkten Spielen teilzunehmen. Außerdem, wer auch immer die Geschicke der Mannschaft lenkt, wie lange er auch am Steuer sitzen und sich in ein Denkmal seiner selbst verwandeln mag – ich verspreche, gegen überholte Systeme und Taktiken aus den Achtzigern anzukämpfen, und wenn es mich meinen Platz im Klub kosten sollte. Die Welt hat sich verändert. Wir können heute keinen Angriffsfußball mehr spielen, nur weil das der Eitelkeit eines einzigen Menschen und seines abgebrühten Gefolges schmeichelt. Offenbar verstehen sie nicht, dass ein Spiel mit zehn Stürmern, ein planloses Spiel ohne Respekt vor dem Gegner, letztlich unvermeidlich zu einer empfindlichen Niederlage und einem Fall in die unterste Zeile der Turniertabelle führt. Ich werde mich mit allen Mitteln dafür einsetzen, dass wir nicht in jene Zeiten zurückkehren, in denen die Matches in den Büchern der Strugatzkis, Solschenizyns und Schalamows ausgetragen werden. Und unabhängig davon, auf welcher

Position ich spielen muss, ich verspreche, die Position der Wahrheit, der Freiheit und der Vernunft einzunehmen, denn die Ereignisse der letzten Wochen haben uns zum wiederholten Mal gezeigt, dass diese Position sehr schwach vertreten ist und Verstärkung braucht. Danke ...«

»Bravo!«, schrie ich, und ein paar arrivierte alte Knacker stimmten ein. Quint blickte verlegen in den Saal, in dem er natürlich Agata bemerkte. Sie fuhren zusammen weg, so wie neulich, und an jenem Abend nahmen wir das fehlende Material auf. Für alle Fälle. Die Zeit war reif für ein Kennenlernen. Ein persönliches.

PAUSE

Reprise

Der dritte große Teil der Sonate. Bleibt nur zu hoffen, dass Sie bereit sind ...

Wir können nun zur Kulmination übergehen. Kindheit, Schule, Vaters Tod. Umzug in einen neuen Wohnblock, Arbeit, Ehe. Wir sind endlich hier, am Zenit, angekommen. Der Höhepunkt der Sonate, der Gipfel der Spannung.

Gerade noch hatten wir naiv angenommen, dass alles gut ausgehen würde. Oder nein, eigentlich nicht. Wenn ich ehrlich bin, habe ich über die Konsequenzen gar nicht groß nachgedacht. Es kommt, wie es kommen muss, dachte ich. Meine Frau hatte sich wieder bei mir gemeldet. Ich hatte sogar den Eindruck, sie will sich versöhnen. Ich dachte, wenn wir mit Quint fertig sind, kehre ich nach Sankt Petersburg zurück.

Der Plan war folgender: Kalo trifft sich persönlich mit Quint und legt die Karten auf den Tisch. Erzählt ihm von den Videos, zeigt ihm vielleicht sogar ein paar Ausschnitte und legt ihm schlussendlich nahe, das Land zu verlassen. Diesen Plan fanden alle gut. Keinerlei Einwände. Onkel Wolodja hatte grünes Licht gegeben. Ich glaubte an diese Story. Allen Ernstes. Wir wollten dem gemarterten, in die Ecke getriebenen Menschen eine gute Lösung anbieten, aber …

Der Schwarzkopf setzte sich im Good Times zu dem Journalisten. Sagte, es gebe was zu besprechen. Quint antwortete, er wolle mit niemandem reden.

»Macht Ihnen die Musik zu schaffen? Geht ja schon ziemlich lange so.«

»Was wollen Sie?«

»Ich möchte Ihnen helfen.«

»Und zwar wie?«

»Ich weiß, wie Ihr Leben wieder ruhiger wird.«

»Was meinen Sie damit?«

»Ich weiß, wer Ihnen die Luft abschnürt.«

Quint horchte auf.

»Und zwar wer?«

»Kann ich Ihnen nicht sagen. Bin dazu nicht befugt. Ich bin aus einem anderen Grund hier.«

»Und wenn ich jetzt …« Anton versuchte, Kalo am Kragen zu packen, der aber versetzte ihm, unmerklich für die Restaurantbesucher, deswegen jedoch nicht minder schmerzhaft, einen Hieb in die Seite.

»Bleiben Sie still sitzen, und hören Sie mir zu! Sie müssen weg! Unverzüglich!«

»Und wenn ich nicht gehe, was dann?«, fragte Anton, nach Atem ringend.

»Dann geht's Ihnen schlecht.«

»Schlechter als jetzt?«

»Lassen Sie das! Wir hatten nicht damit gerechnet, dass Sie so ein Weichei sind! Alles, was bisher passiert ist, war Kinderkram. Sie können sich gar nicht vorstellen, wie hart wir Sie noch rannehmen werden!«

»Wie wär's, wenn Sie sich verpissen, hm?«

»Kann ich gern machen! Nur wird Ihnen das kaum helfen. Hören Sie, diese Situation kann niemand gebrauchen. Das ist für Sie unangenehm – und für uns unangenehm. Alle sind fix und fertig …«

»Fix und fertig?«

»Nennen Sie es, wie Sie wollen. Alle sind erschöpft. Sie genauso wie wir. Eines ist klar: Es gibt da eine unerfreuliche Geschichte, und alle wollen eine Lösung finden.«

»Meinen Sie das jetzt ernst? Drecksäcke!«

»Anton, mein Freund, achten Sie auf Ihre Wortwahl! Ich habe Sie nicht beleidigt und bin sozusagen zu Ihrem Vorteil hier.«

»Was?«

»Es sieht nicht gut aus für Sie. Es gibt niemanden, der für Sie einstehen könnte. Glauben Sie mir, was wir Ihnen anbieten, ist eine Geste des guten Willens. Wir wollen die Sache im Guten lösen.«

»Im Guten? Nämlich wie?«

»Ganz einfach. Sie verlassen das Land. Wenigstens für ein paar Monate. Und Sie halten den Mund, versauen den Leuten nicht das Leben.«

»Ach, so ist das also?! Ich versaue den Leuten das Leben?!«

»Anton, ich bin mir sicher, Sie verstehen, dass das zu Ihrem Vorteil ist. Urlaub am Meer ist viel angenehmer, als vor Gericht zu stehen …«

»Vor Gericht?! In welcher Sache?!«

»Da findet sich schon was. Irgendein Tatbestand findet sich immer. Ich muss zugeben, der Ton, den Sie mir gegenüber anschlagen, gefällt mir gar nicht. Ich empfehle Ihnen, das zu ändern, ich lasse mir das nicht länger gefallen …«

»Ach, du lässt dir das nicht gefallen? Dann hör mir mal zu, du Flachwichser: Richte deinen Kumpels aus, dass ich euch vernichten werde!«

»Sehr beängstigend. Haben Sie ein Taschentuch, ich mach mir glatt in die Hosen! Anton, Sie sind nur deswegen so mutig, weil Sie genau wissen, dass die Sie nicht anfassen werden. Und Sie haben sogar recht, absolut recht. Es hat tatsächlich niemand vor, Sie zu liquidieren. Um Sie mache ich mir keine Sorgen, glauben Sie mir, aber ehrlich gesagt bin ich jetzt sehr beunruhigt, was Ihre Familie betrifft.«

»Lasst die Finger von meiner Familie!«

»Natürlich lassen wir die Finger von ihr. Wir kommen gar nicht auf die Idee! Allerdings wissen Sie selber besser als ich, wie die Propaganda funktioniert. Zu Schaden kommen immer die Dritten. Immer ... leiden ... die Unschuldigen. Das brauche ich Ihnen nicht zu erklären. Die einen brocken die Suppe ein, aber auslöffeln müssen sie andere. Ist immer so. Sie wissen ja – erprobt und bewiesen. All die Fernsehbeiträge, Zeitungsartikel ... Wer weiß, wie das noch eskalieren wird! Wir sind von lauter Verrückten umgeben, was, wenn einer Ihre Frau vergewaltigt?«

»Das wagt ihr nicht!«

»Ich sag Ihnen ja – wir sind weit entfernt von solchen Ideen. Mit so was haben wir nichts zu tun. Ich kann Ihnen versprechen, dass ich persönlich für ihren Schutz sorgen werde. Ich versichere Ihnen, wenn Sie aufhören – dann haben Sie keine Probleme mehr im Leben. Ab dem heutigen Tag. Nur Ruhe, Erfolg und Stille. Wollen Sie eine Auszeichnung für Ihr Buch? Wollen Sie Interviews, große Auflagen? Was für einen Unterschied macht es für

Sie, wen Sie unterstützen? Sie sind doch Autor! Für Sie ist es wichtig, Ihren Platz zu haben! Was fangen Sie mit der Macht an? Wozu dieser Slawin? Sie sind doch Künstler! Was kümmern Sie die da oben? Schreiben Sie Bücher! Ich verspreche Ihnen – wir helfen Ihnen! Alles, was Sie jetzt tun müssen, ist eine Erklärung veröffentlichen, sich entschuldigen, sagen, dass Sie die falschen Quellen verwendet haben. Gestehen Sie, dass Sie Slawin verleumdet haben, und fahren Sie auf Urlaub. Glauben Sie mir – er wird Ihnen verzeihen.«

»Was für Arschlöcher …«

»Hören Sie, Anton, mir scheint, wir drehen uns im Kreis. Dabei ist alles, was von Ihnen verlangt wird, dass Sie Ihre Sachen packen und das Land verlassen. Glauben Sie mir, ich übertreibe kein bisschen, wenn ich sage, dass das mit Abstand die beste Option für Sie ist.«

»Und wenn ich hierbleibe?«

»Landen Sie im Gefängnis. Viel früher, als Sie denken.«

»Bis wann brauchen Sie meine Antwort?«

»Jetzt.«

»Jetzt?«

»Ja, gleich jetzt.«

»Na dann … Wenn's sein muss, dann eben jetzt … Verpisst euch, ihr Missgeburten!«

»Gut. Schönen Abend noch, Anton. Auf Wiedersehen ...«

Kalo verließ das Lokal. Ich saß im Auto, setzte die Kopfhörer ab und schaltete das Radio ein. Najk Borsow sang:

Du hörst, hörst
Wie dein Herz klopft, klopft
An die Fenster, die Fenster
Aufs Dach, wie der Regen
Dein Nerv ist am Ende
Der letzte Tropfen
Der letzte Lichtstrahl
Der letzte Herzschlag
Du siehst, siehst
Wie im Höllenfeuer
Ein zartlila Junge
Zugrunde geht
Er ist erschrocken, geknickt
Er malt ein Bild
Mit seinem Blut
Mit seinen Tränen
Und bittet um Verzeihung

PAUSE

Wir glauben nicht ans Unglück. Wir gehen davon aus, dass es immer die anderen trifft. Schlimme Unfälle haben die Nachbarn, zum Schweigen gebracht werden nur die, die zu viel reden. An Krebs sterben Freunde, an Aids – Bekannte. Inhaftiert wird allenfalls ein entfernter Verwandter, ausgeraubt vielleicht noch ein Schulkollege. Man versichert uns, dass es praktisch unmöglich ist, bei einem Flugzeugabsturz ums Leben zu kommen – mehr Leute sterben an Wespenstichen. Lawinen verschütten Schauspieler, Züge überfahren literarische Figuren. Bis zum Schluss weigern wir uns, an das Unglück zu glauben. Die Vorahnung einer Katastrophe nennt man üblicherweise Angst. Für Angst schämt man sich. Fürs Sterben nicht.

Statt nach der Begegnung mit Kalo unterzutauchen, trifft sich Quint mit Sascha. O Land der edlen Gesten. Imperium der Verzweiflungstaten. Wenige Stunden später erscheint ein weiterer Artikel im Netz. Ein irrsinniger, verzweifelter Artikel. Viel zu mutig und natürlich der eine zu viel.

Nachdem er diesen letzten Text veröffentlicht hat, beginnt Quint, mit uns zu reden. Nein, zu diesem Zeitpunkt ist er noch nicht verrückt, ist noch nicht übergeschnappt. Er hat einfach kapiert, dass wir ihn abhören. Er redet, redet auf die Wände ein, das heißt auf uns. Quint schleudert den Tapeten seiner Wohnung entgegen, dass er unseren Sieg anerkennt, aber uns hasst. Der Junge ist erledigt. Zu diesem Zeitpunkt ist der Junge schon erledigt, und wir hören, wie er keucht. Quint ist fertig. Ja, Kleiner, und wir kommen jetzt auch zum Ende. Von jetzt an nur mehr Mollakkorde bis zum Schluss …

Also, der Boss tobt. Wir haben ihm den letzten Text geschickt. Onkel Wolodja drischt mit der Faust gegen die Wand. Bis es blutet. Triolen. Lauter Triolen. Wir schweigen. Und er hämmert. Schlag auf Schlag auf Schlag. Mit rechts, wieder und wieder. Immer auf dieselbe Stelle. Zornig, schnell. Er hätte hierherkommen und gegen Quints Wand hämmern können. Das hätte eine Komödie gegeben …

»Onkel Wolodja, wir machen das schon«, sage ich.

Zuallererst lassen wir Arina einen USB-Stick zukommen. Da muss sie jetzt durch. Als wir sicher sind, dass sie die Bilder gesehen hat und nicht mehr mit ihrem Mann spricht, schicken wir Agata vor. Sie klingelt an der Tür und will reden. Arina lässt die Unbekannte herein und flüstert nur an die Wand gedrückt: »O Gott, lassen Sie mich in Ruhe.«

Akkord.

Agata ist großartig. Nutten sind halt doch viel freier als wir. Ich hatte nicht einmal geahnt, dass sie so gut ist. Kennst du einen Regisseur? Ich geb ihm ihre Nummer. Agata geht in die Küche und redet auf Quint ein, sie sei unheimlich verliebt. Mann, darum haben wir sie gar nicht gebeten! Eine echte Improvisation! Wir platzen fast vor Lachen. Arina weint. Die Kleine wacht auf und heult auch los. Anton brüllt.

Am selben Tag zeigen gleich zwei große Fernsehsender, zeitlich aufeinander abgestimmt, einstündige Reportagen ausschließlich über Quint. So viel Resonanz hat er noch nie gehabt. Landesweite Verfolgung. Keine Vernichtung, sondern fast ein Sport. Anwälte, Politologen und Parlamentsmitglieder diskutieren mit erhobenen Stimmen das bestialische Verhalten des Journalisten. Plötzlich wird bekannt, dass er pädophil ist. Noch ein Schritt. Ein Sahnehäubchen. Hier bitte, Fotos. Und ein Video. Ein Pädophiler! Ein Adjektiv, substantiviert, in der männlichen Form. Sie deklinieren es durch. Ein Pädophiler. Dieses Pädophilen. Einem Pädophilen. So einen Pädophilen. Pädophil. Er hat es nicht anders gewollt – dann eben so …

»Um Ihre Frage zu beantworten, Herr Moderator, möchte ich anmerken, dass im Moment polizeiliche Ermittlungen laufen, die die Zeugenaussagen von sechs Minderjährigen bestätigen oder widerlegen sollen ...«

»Unser Publikum ist in der Terminologie nicht so firm, Kollege. Stimmt es, dass Quint verdächtigt wird, sechs Kinder vergewaltigt zu haben?«

»Jawohl, das stimmt.«

Akkord.

Haben wir zu dick aufgetragen? Aber nein, genau richtig! Ein Stempel fürs ganze Leben. Wo Verdacht herrscht, muss auch Schuld sein. Die Gesellschaft fällt ein Urteil, ohne die Details zu kennen. Fakten sind nur Fasern, die zwischen den Zähnen stecken bleiben. Der Gerichtsbeschluss – ein Rülpser. Pädophil. Es ist vollbracht. Einmal ausgesprochen, bleibt dieses Wort für immer haften. Sich zu wehren hat keinen Sinn. Die Leute lassen sich nicht mehr umstimmen, zu spät. Das erste Wort wiegt schwerer als das zweite. Pädophil. Das zweite Wort sucht überhaupt das Weite. Aus, das war's, sogar das Mädchen, das im Hof Himmel und Hölle spielend von Feld zu Feld hüpft, weißt jetzt, dass Onkel Anton pädophil ist. Woher hast du das denn? Sagen doch alle!

Ich lasse Bolek und Lolek die Musik ausmachen. Quint liegt in seinem Arbeitszimmer auf dem Boden. Allein. Kraftlos. Mal wacht er auf, mal schläft er wieder ein. Sein Schlaf ist unruhig und oberflächlich. Er träumt wirr. Ständig murmelt er etwas. Ein Schlag wie Blitz und Donner.

Akkord.

Siegessicher versetzen wir ihm noch einen Stich – wir schalten nicht nur die Musik aus, sondern auch den Strom. Im ganzen Haus. Als ob alle weg wären. Arina ist noch da, spricht aber nicht mehr mit ihrem Mann. Sie ist im anderen Zimmer, aber so weit weg. Ich glaube, Arina ist durchaus klar, dass ihr Mann in die Falle gelockt wurde, aber verzeihen, sosehr sie sich auch bemüht, kann sie seinen Betrug nicht. So sieht's aus … Und wir lassen ihnen Zeit nachzudenken. Pssst, leise, ganz still …

Sich mit Kalo anzulegen war eben zu viel gewesen. Alles mit Maß und Ziel. Wenn man mit einflussreichen Männern spricht, lehnt man sich besser nicht zu weit aus dem Fenster. Quint hatte sich erlaubt, uns Hyänen zu schimpfen, aber nein, Hyänen sind wir keine – wir sind Respektspersonen. Er ist selbst an allem schuld! Er allein!

Akkord.

Nach den zwei Fernsehsendungen schaukelt sich wie erwartet das Internet hoch. Hunderte Fernsehzuschauer zeigen sich tief gekränkt, schreiben »persönliche Nachrichten«. Natürlich nicht uns, sondern ihm. Schade, dass Quint nicht mehr in der

Lage ist, das alles zu lesen – es sind herrliche Drohungen dabei, viel zu lachen. Da haben wir uns ins Zeug gelegt und auch die Trolle aus dem Office. Eine nach der anderen trudeln Mitteilungen von einfachen, bodenständigen Russen ein, die versprechen, ihn sich um jeden Preis »vorzuknöpfen«.

Akkord.

Im Hof vor Quints Wohnblock findet eine spontane Versammlung statt. Wir wissen selbst nicht, wie das ging! Profis, abgebrühter als Agata. Langjährig erfahrene Demonstranten. Veteranen der Betroffenheit. Die alte Garde des diktierten Kampfes. Die Versammelten fordern die Abstrafung des Kinderschänders. Sie verhalten sich glaubwürdig, arbeiten ehrlich und gut, ohne Schlampereien. Ausgestattet mit Plakaten, und alle paar Minuten ruft einer: »Ans Kreuz mit ihm!« Für die Sicherheit der Demonstranten sorgt Onkel Wolodjas Crew, wobei Quints Freunde es ohnehin nicht eilig haben, ihm zu Hilfe zu kommen. Er liegt einfach allein auf dem Boden, aber ruft auch nach niemandem.

Akkord.

Arina hält es nicht mehr aus. Sie hat Angst. Sie geht ins Arbeitszimmer und rüttelt ihren Mann.

»Anton! Anton! Mach was! Gleich brechen sie ins Haus ein!«

»Aber nein, meine Liebe, das machen sie nicht«,

stammelt Quint und reibt sich die Augen. Das Sprechen fällt ihm schwer. Er richtet sich schwankend auf, sieht seine Frau an und hofft auf ihre Unterstützung. Aber ohne es zu wollen, versetzt sie ihm den nächsten Schlag.

Akkord.

»Ich bin nicht deine Liebe! Nutten sind dir lieber!«

»Arina ...«

»Was heißt da Arina? Willst du vielleicht behaupten, das war Photoshop?«

»Nein.«

»Eben! Anton, du musst raus.«

»Das ist mein Zuhause ...«, krächzt Anton hustend.

»Aus dem Land. Du quälst uns alle.«

»Verstehst du denn nicht ... Verstehst du denn nicht, dass das genau das ist, was sie wollen? Siehst du denn nicht, Arina, dass dieser Abschaum, diese Unmenschen, Teufel, Würmer, nur darauf aus sind, dass ich aufgebe? Nur werd ich das nicht. Ich werde nicht aufgeben, Arina! Ich hab genug vom Aufgeben, vom Zurückweichen. Es reicht! Stopp! Genug! Ich hab genug von Deals mit Ihnen – wenn die einen aufhören, packen die anderen zu, wenn nicht jetzt, dann morgen. Ich kann nicht mehr davonrennen, mein Schatz.«

»Mein Gott, Anton, was redest du für einen Unsinn? Bist du komplett übergeschnappt?«

»Nein, meine Liebe, nein! Ich bin nicht übergeschnappt. Im Gegenteil. Ich sehe endlich ganz klar, und ich fühle mich großartig. Ja, ich sehe fertig aus, aber das macht nichts – das ist nur der Schlafmangel. Man kann im Leben vieles machen, auch viele Fehler, und manchmal muss man auch zurückstecken, aber man darf sich bloß nicht vor den Gopniks fürchten. Wir sind gewohnt zu glauben, dass da oben lauter Klugscheißer rumsitzen, graue Eminenzen, die einfach nicht zur richtigen Zeit am richtigen Ort waren, nie ihre Talente entfalten konnten und denen somit nichts anderes übrigbleibt, als für dieses Regime zu arbeiten. Aber so ist es nicht, das stimmt nicht, Arina. Die sind alle der Mob an der Macht! Überall herrschen nur Gopniks! Und wir müssen denen endlich Paroli bieten!«

»Wladimir Slawin ist kein Gopnik.«

»Woher weißt du, dass er dahintersteckt?«

»Er hat mit mir gesprochen ...«

»Wann?«

»Ist doch egal, Anton!«

»Ich frage dich, wann!«

»Während du dich mit deiner Schlampe vergnügt hast ...«

»Und was hat er dir erzählt?«
»Eine ganze Menge ... Er hat erzählt, dass seine Familie gegen ihn rebelliert. Dass dich ein Clan korrumpiert hat, aber er nimmt es dir nicht mal übel, weil er weiß, wofür Journalisten da sind. Er sagt, er wäre bereit, dir zu verzeihen.«
»Das hast du ihm geglaubt?«
»Wem soll ich denn glauben?«
»Mir!«
»Wirklich?«
»Ja ...«
Akkord.

»Wem soll ich denn glauben?« Ein alter Trick. Oh, sieht ganz danach aus, dass du den Boden unter den Füßen verlierst. Eltern weg, Frau weg. Freunde? Tja, deren Unterstützung beschränkt sich auf Likes in sozialen Netzwerken. Eine Schlacht gegen die Gopniks? Na ja, wenn du meinst. Los, Bürschchen, komm her ...

Die Demonstranten sind immer noch da. Aktivisten haben im Hof ein Zelt aufgeschlagen. Die Polizei findet das durchaus zulässig. Lärm, Rummel, und immer wieder »Ans Kreuz mit ihm!«. Ich gebe ihm maximal einen Monat – Quint gibt schon nach zwei Wochen auf ...

Akkord.

Quint beschließt, Arina außer Landes zu bringen. Er fährt seine Frau und die Kleine zum Flughafen ... Fehlanzeige. Bei der Passkontrolle sammelt der Grenzbeamte die Dokumente ein und stellt eine halbe Stunde später fest, dass die Frau nicht ausreisen kann:

»Sie dürfen nicht fliegen.«

»Warum?«

»In Ihrem Pass fehlt eine Seite.«

»Was soll das heißen?«

»Die Seite dreizehn fehlt.«

»Was ist das für ein Unsinn? Die war immer da, und jetzt soll sie fehlen?«

»Gnädige Frau, Sie müssen zur Passausstellungsbehörde.«

Ein Anruf genügt – und Onkel Wolodjas Jungs werden aktiv. Schneiden die dreizehnte Seite heraus. Ganz vorsichtig, mit einer Rasierklinge, wie es sich gehört in solchen Fällen. Quint denkt, Arina wird gleich Richtung Schweiz abheben, aber da läutet sein Telefon:

»Sie lassen uns nicht raus ...«

PAUSE

Es geht Schlag auf Schlag. Wieder zu Hause? Mach dich bereit für den nächsten Treffer. Hast du André Gide vergessen? »Ach, wie gering, das Menschenleben!« Gopniks? Einige von uns haben Philologie studiert. So ist das nämlich, lieber Quint!

Wie heißt es bei Marienhof? »Dumm, aber es muss geschossen werden.« Kalo besteht auf der Vergewaltigung. Wir vereinbaren, dass er nicht in Arina eindringen wird. Der Freund verspricht, anständig zu sein. Ich glaube ihm – Kalo ist in Ordnung.

Quint ruft von der Redaktion aus Mitja an, Arina geht spazieren. Wir sind bereit.

»Hallo, Mitja! Hör mal, ich wollte dich fragen, ob wir ein Weilchen bei dir wohnen können?«

»Was ist denn los?«

»Bei uns sind die Nachbarn am Renovieren. Wir können nie schlafen.«

»Aber wir haben nicht so viel Platz.«

»Ihr habt ein ganzes Haus am Stadtrand!«

»Ja, aber wir haben da unser Fotostudio. Und das Gästezimmer ist jetzt mein Büro.«

»Aber das Haus hat doch so viele Räume!«

»Alter, die Kinder haben jetzt jedes ein eigenes Zimmer bekommen.«

»Alles klar, ich sehe schon …«

»Ihr solltet vielleicht lieber in ein Hotel gehen.«
»Ja, das werden wir wohl machen …«

Haben Sie traurige Musik? Etwas mit einem Kontrabass? Drehen Sie – wenn Sie so was haben, natürlich – Regenrauschen auf …

Als Arina den Lift betritt, überfallen sie drei maskierte Männer. Bolek entreißt ihr das Kind, Lolek hält ihr den Mund zu und drückt auf »Stopp«. Kalo fängt an, sie abzuküssen und abzulecken. Ihre Augenlider, ihre Wangen, ihre Lippen. Hals, Schultern, Arme. Er fasst ihr an den Busen – Arina stöhnt. Sie versucht, sich zu wehren, aber hat keine Chance. Ihre Arme sind fixiert, Kalo drückt sich an sie. Er zerreißt ihren Slip und formt seine Finger zur Pistole …

Kalo befummelt Arina noch eine Weile, dann legen Bolek und Lolek das Kind auf den Boden und laufen hinaus. Kalo spuckt der Frau ins Gesicht. Nicht persönlich nehmen. Politik, ein Job …

Schluchzend rutscht Arina an der Wand herunter und nimmt die Kleine in die Arme.

Als Anton ein paar Stunden später seine Frau ansieht, ist ihm sofort alles klar.

PAUSE

– Vor einer Woche habe ich dein Konzert besucht, erinnerst du dich? Ja, genau, als ich in der zweiten Hälfte gegangen bin. Was hast du an dem Abend gespielt?

– Beethovens Cellosonate Nummer drei. Du bist während des Scherzos aufgestanden.

– Ja. Stimmt ... Die Musik war sehr schön ... Sogar mir hat das damals gefallen. Dein Ton war exzellent. Ich saß da, gähnte, weiß auch nicht, warum, aber ich gähnte herzhaft und hörte dir zu. Und ich dachte nach, natürlich dachte ich über all das nach. Ich dachte an das letzte Gespräch mit Onkel Wolodja und dass wir etwas unternehmen mussten. Kalo wollte es nicht zugeben, aber mein Gefühl stimmte, wir hatten den Bogen überspannt. Zu viel Musik, zu viele Lügen. Das mit der Scheiße und die Scheiße mit der Frau. Wer findet es schon witzig, wenn seine Frau vergewaltigt wird? Wir hätten wirklich nicht so Gas geben sollen ... Quint war mehr tot als lebendig. Das sag ich dir jetzt ganz im Ernst. Wir haben ihm nichts übrig gelassen. Haben ihn, wie's so schön heißt, zu Brei zerstampft. Und dann noch diese Verhöre ...

– Verhöre?

– Ja. Schon seit zwei Wochen ermittelte der Untersuchungsrichter gegen ihn. Er musste sich täglich in dem berüchtigten Kabinett einfinden. An der Wand hing ein Plakat mit dem Foto des Ölmagnaten, der es zu trauriger Berühmtheit geschafft hat. Darauf ein Sticker, von einer Waschmaschine: *Zehn Jahre Garantie*. Quint wusste genau, wo er gelandet war. Und noch genauer wusste er, dass er da nicht wieder rauskommen würde. Nie mehr.

Du hast so schön gespielt. Ich dachte, wir sollten noch mal mit Onkel Wolodja sprechen. Wir mussten, ja, wir mussten dringend die Schrauben lockern ...

Ich erinnere mich, du hattest erst wenige Takte gespielt, da vibrierte das Handy in meinem Jackett. Ich zuckte zusammen und dachte, es würde gleich klingeln ...

Wir fürchten immer das Falsche ... Nein, das Handy hat nicht geklingelt – es war nur eine Nachricht. Eine ganz normale Nachricht. Von Kalo. Ich zog das Telefon heraus, wischte über das Display und las:

»Er hat das Kind aus dem Fenster geworfen :-(((...«

PAUSE

Ein Problem. Drei traurige Smileys. Ich stand auf und schlich mich zum Ausgang. Irgendwelche alten Vetteln fauchten: »Seht euch das an, das ist ja unerhört! Wahrscheinlich ist er betrunken!« Ihr Schreckschrauben bleibt mal schön sitzen und lutscht eure Bonbons – er hat seine Kleine aus dem Fenster geschmissen.

Als ich in Quints Hof ankam, saß Kalo immer noch wie versteinert im Auto. Der Blinker tickte. Quint war ausgetickt.

»Kalo! Was ist passiert?«

»Scheiße, Bruder, Scheiße! Wir müssen verschwinden, wir müssen abhauen …«

»Was ist denn passiert? Erzähl mal!«

»Eine Katastrophe! Wir haben's vermasselt, das war zu viel …«

»Kalo!!!«

»Er … Er ist mit der Kleinen rausgegangen. Alles war wie immer, Bruder. Die Menge im Innenhof hat ihn schreiend empfangen und ist ihm nach bis zum Tor. Nichts Besonderes. Alles wie immer … Er sah auch genauso aus wie immer. Das heißt, so wie die letzten Tage auch, wie immer, wenn er von den Verhören kam. Er kam raus, er … Und wir gingen mit … Gingen wie immer mit bis zum Park. Alles war wie immer, Bruder!«

»Kalo, sag schon, was war dann!«

»Er saß im Park. Auf einer Bank. Still. So wie immer schlief er sofort ein. Sein Kopf hing herab. Alles wie immer. Das Kind schlief, und er schlief. Dann begann das Kind zu schreien. Ganz laut. So laut, wie nur Babys schreien können. Quint reagierte zuerst nicht, dann wachte er auf, berappelte sich und versuchte, die Kleine zu beruhigen. Sie ließ sich nicht beruhigen. Sie schrie und schrie. Ohne Pause schrie sie wie am Spieß! Immer weiter brüllte sie, und du weißt ja, was Lärm jetzt für ihn bedeutet. Sie schreit, er schaukelt den Kinderwagen, aber irgendwie macht er das ruckartig und nervös. Das Mädchen brüllt weiter, und er wird immer gereizter. Er tobt, schnauzt sie an, dann tut es ihm leid, und er versucht, sie zu besänftigen, aber die Kleine lässt nicht nach … Anton schleppt sie nach Hause, aber sie kreischt und brüllt wie am Spieß, windet sich und strampelt hysterisch. Als er seinen Hof erreicht hat, stürzen sich die Leute, wie wir ihnen ja aufgetragen haben, wieder auf ihn. Aber ich bin nicht schuld! Ich kann nichts dafür! Das war doch nicht ich! Ich konnte das doch nicht wissen! Wer hätte das wissen können!«

»Beruhige dich, Kalo!«

»Die Leute schreien. Sie schreien, stänkern, skandieren: ›Ans Kreuz mit ihm! Ans Kreuz mit ihm!‹ Wie wir es von ihnen wollten, wie sie es auch für die Kameras tun. Sie machen Anstalten, ihn anzufallen, und mit vollen Hosen wie immer rennt er ins Haus hinein. Das heißt, ich glaube, er rennt ins Haus hinein – ich hab's ja nicht gesehen, ich saß ja hier im Auto, mit Kopfhörern, hinter der Ecke.«

»Kalo, ist mir schon klar, dass du nichts dafür kannst! Was war dann, erzähl!«

»Ich weiß nicht. Ich kann nur wiedergeben, was die Jungs gesagt haben. Sie haben es gesehen, ich nicht.«

»Kalo!«

»Also, er wird ins Haus reingetrieben. Er knallt die Tür zu, geht in Deckung. Geschafft. Wie immer empfange ich das Signal, dass das ›Objekt‹ das Haus betreten hat, und wie immer drehe ich die Lautstärke an den Kopfhörern hoch. Die Menge schreit: ›Ans Kreuz mit ihm, ans Kreuz mit ihm!‹ Und da hat, soweit ich weiß, Quint nicht den Lift geholt, sondern die Treppe genommen. Keine Ahnung, wieso, vielleicht wegen der Kleinen. Die schreit immer noch und strampelt. Das Kind ist in Panik. Und soweit ich das beurteilen kann, ist auch Quint in Panik. Er hastet die Stufen hoch, das Mädchen zappelt und die Menge fordert: ›Ans Kreuz mit ihm!‹ Die Menge sieht ihn im Fenster des ersten, dann des zweiten Stocks. Vielleicht ist der Lift besetzt oder kaputt, was weiß ich, jedenfalls nimmt er die Treppe. Und das Mädchen kreischt noch immer in seinem Arm und ist nicht zu beruhigen. Das Kind ist hysterisch, es tobt und sträubt sich. Und die Menge macht weiter …«

»Kalo! Sprich!«

»Dann hört man einen Aufprall. Eine Sekunde Stille, dann sofort Schreie. Die Leute fangen wieder zu schreien an, aber ich denke mir nichts dabei, denn dafür zahlen wir sie ja. Kurz darauf rennen sie einer nach dem anderen aus dem Hof. Alle, alle, die wir bezahlt haben, werfen die Plakate weg und rennen davon. Ich kann mir darauf keinen Reim machen, schalte das Funkgerät ein, um Bolek zu fragen, was da los ist bei ihnen, aber da höre ich durch den Kopfhörer Arinas Stimme:

›Anton, wo ist die Kleine?!‹ Jemand läuft auf mich zu, klopft an die Scheibe. Ich lasse sie hinunter. Jemand sagt zu mir:

›Er hat die Kleine rausgeworfen! Zum Fenster hinaus!‹«

PAUSE

Zwischensatz

In der Reprise spielt der Zwischensatz keine wichtige Rolle mehr.

Arina läuft hinaus in den Hof. Auf dem Asphalt liegt zwischen fallen gelassenen Plakaten der leblose kleine Körper. Arina versucht, ihn aufzunehmen, aber auf dem Boden bleibt ein Stück des zertrümmerten Köpfchens zurück, zu dem sich ein Strang dicken Blutes hinzieht. Arina legt das Mädchen zurück. Auf den Asphalt. Ihre Wange zuckt. Sie schreit nicht. Im Hof herrscht Stille. Man hört nur die Nachbarn, die flüsternd aus den Fenstern spähen. *Pianissimo.*

In einer kleinen Mietwohnung unterhalten sich Tatjana Slawina und der junge Sprachstudent, der immer die passenden Verse findet. Tatjana Slawina streichelt sein Haar, und er säuselt etwas von Brodsky, weil in dieser Zeit beim Sex mehr Brodsky-Gedichte zitiert als Kondome verwendet werden. *Sostenuto.*

Karina sitzt am Bettchen und streichelt ihrer Tochter über die Wange. Sie glaubt, dass die Kleine ganz bald ihren Vater treffen wird. *Sotto voce.*

Lisa und Pawel öffnen flüsternd die Tür zum Krankenzimmer, um ihren kleinen Bruder zu erschrecken. Sie wollen ihn im Schlaf mit Saft begießen, damit er beim Aufwachen glaubt, in seinem Blut zu liegen. *Agitato.*

In der Umkleide stehend, flüstert Alexander in sein Handy. Zum ersten Mal seit langer Zeit ruft Sébastien an. Sascha freut sich. *Crescendo.*

Anton sitzt in der Küche. Nichts geschieht. *Stille.*

PAUSE

Seitensatz,

in dem Lew Smyslow erzählt, wie er sich entschied, auf Urlaub zu fahren.

Noch am gleichen Abend treffen wir Onkel Wolodja. Nicht im Wald – im Woolf. Sogar Agata muss antanzen. Onkel Wolodja ist ein wenig aufgebracht. Verständlich – wir haben gepatzt. Die erste halbe Stunde wird er immer wieder laut. Dann beruhigt er sich. Sagt, die Operation kann man abschließen.

»Was passiert jetzt mit Quint?«

»Nichts. Was soll mit ihm schon passieren? Den schicken sie zum Gutachter und sperren ihn in die Klapse oder in den Knast wegen Ermordung seiner Tochter. Dass er pädophil ist, wissen wir ja alle. Offenbar ist er auch noch ein Psychopath. Passt alles zusammen.«

»Und wir?«

»Ihr fahrt mal auf Urlaub.«

Die nächsten Tage bleibe ich zu Hause. Komme zur Ruhe, denke nach. Schließlich erlebt man so etwas nicht alle Tage. Bevor ich zu dir fahre, rufe ich Karina an. Teile ihr mit, dass ich das Land für längere Zeit verlasse und deswegen meine Tochter sehen möchte. Wenigstens eine Stunde. Karina hat nichts dagegen. Ich glaube, sie ist sogar froh. Die Zeit, die ich mit der Kleinen verbringe, nutzt sie für sich selbst: Schönheitssalons, Massage, Make-up. Vielleicht geht sie sogar zu Alissa ...

Karina lässt die Wohnungstür hinter sich zufallen. Ich gehe ins Kinderzimmer. Meine Tochter streckt mir die Arme entgegen, aber ich stoße sie unvermittelt von mir. Und schlage zu.

Eins. Der erste Schlag.

Zwei. Der zweite Schlag.

Drei. Der dritte Schlag.

Wie ein Paukenschlag – der vierte. Und der letzte Schlag.

Der wichtigste. Schlag.

Der Fünfte ... Quintus ... Quint. Ich gehe in die Küche und lasse kaltes Wasser laufen. Meine Faust schmerzt. Aus dem Zimmer dringt die Stimme meiner Tochter. Sie weint. Sie ist natürlich zu Tode erschrocken. Ich habe das Kopfende ihres Bettes zertrümmert. Ich war voller Zorn und Wut, und ich habe zugeschlagen. Fünf Schläge gegen die Bettwand, nur wenige Zentimeter von ihrem Kopf entfernt. Ich weiß gar nicht, was mich da geritten hat. Einen Moment lang dachte ich: Darf meine Tochter überhaupt leben, wenn seine tot ist? Natürlich, sie muss. Letztlich ist er selbst an allem schuld.

Ich rufe Karina an und sage, dass ich losfahre. Nein, das ist ihr Problem, ich werde nicht auf sie warten, ich hab doch gesagt, dass ich wegmuss. Wieso ich dann überhaupt gekommen bin? Hab ich doch gesagt, um meine Tochter zu sehen. Sie ist schon ein großes Mädchen, ihr wird nichts passieren, bleibt sie eben kurz allein.

Ja, und dann rufe ich dich an. Und Alissa, und wie in guten alten Zeiten lade ich sie zu einer Flugreise ein. Sie sagt zu. Das ist eigentlich schon die ganze Geschichte, Kleiner ... Das ist eigentlich schon alles ...

PAUSE

Schlussteil

Coda

Die Coda ist eine Erweiterung der Form. Ihre Funktion besteht darin, das Material zusammenzufassen und einen »Schluss« aus dem Werk als Ganzes zu ziehen.

In wenigen Augenblicken werde ich auf der Bühne stehen. Ich garantiere Ihnen, das wird ein großer Auftritt. Nicht wie beim letzten Mal. Das weiß ich, ich spüre es, und es macht mich glücklich.

Wissen Sie, die Musik kennt viele Momente, in denen eine Pause entsetzlicher und dramatischer klingt als alle Pauken zusammen. Und sie wird erklingen. Aber bis dahin ... Bis dahin bin ich hier, hinter der Bühne, und habe noch Zeit ...

Als mein Bruder an jenem Tag fertig erzählt hatte, lächelte er mich an. Ich schwieg. Lew stand auf, machte ein paar Schritte und hielt inne.

– Der Wein war gut. Wie lang hast du noch bis zum Konzert?

– Eine halbe Stunde.

– Reicht dir das?
– Ja …

Der Bruder schlug mir auf die Schulter und ging Richtung Rezeption. Ich sagte nichts mehr. Ich weiß nicht, warum. Als hätte ich Noten vor mir, und als würden diese Noten eine ganze Seite lang Schweigen vorgeben. Als hätte er eine Passage und ich nicht, ich habe Pause. Als wäre das ein Traum, in dem meine Stimme versagt, und ich versuche zu schreien, kann aber nicht. Ich wollte aufstehen, aber meine Beine gehorchten mir nicht. Ich sah meinem Bruder nach und hätte wahrscheinlich rufen sollen »Warte!«, aber ich konnte nicht. Ich rief ihn nicht zurück, lief ihm nicht nach. Stattdessen betrachtete ich unseren Tisch. Den Teller, das leere Glas, die Gabeln. Ich sah die Weinflasche an und das Messer, das ich jetzt umklammerte. Ich weiß nicht mehr, kann mich nicht erinnern, wie lange ich so dasaß. Erst Zentner holte mich ins Leben zurück:

– Mark, sag mal, spinnst du! Warum hebst du nicht ab? Ich versuche seit einer Stunde, dich anzurufen! Ich suche dich überall! Sieh mal nach, wie viele verpasste Anrufe du hast! In dreißig Minuten spielen wir!

– Alles in Ordnung. Zeit genug.

Ich habe keine Erinnerung mehr daran, wie ich meinen Frack anzog (ich glaube, Zentner hat mir geholfen). Ich weiß nicht mehr, wie mein Instrument in meine Hände kam und wer mich auf die Bühne schubste. Ich kann mich weder an den Saal erinnern, noch an den Applaus oder den ersten Ton. Ich weiß nur noch, dass ich sehr nervös war, dass ich durch die Noten preschte und mich zu bremsen versuchte, dass ich möglichst schnell ins Hotel zurückwollte, aber mich im Wissen, dass ich das Tempo hochpeitschte, zurückhielt. Die reinste Achterbahn. Ich habe fürchterlich gepatzt. Meine Hände machten ihr Ding, die Finger rasten über das Griffbrett, aber ich spürte nichts, rein gar nichts. Mein Körper war hier, in Lugano, aber die Gedanken … Ich bekam mich nicht in den Griff. Fenster, Kind, Fenster, Kind, Jagd. Das Publikum im Saal fand bestimmt, dass ich allzu dick auftrage, dass alles, was auf der Bühne passiert, von Pathos nur so trieft. Asphalt, Asphalt, Asphalt. Ich wollte ruhig bleiben, aber an jenem Abend konnte ich mich nicht beherrschen. Ich sah das Fenster und die Treppenläufe, sah Kalo, an den ich mich gar nicht erinnern konnte, und das Funkgerät, das ihm aus der Hand fiel. Ich beging ein Verbrechen an der Musik, indem ich den Zuhörern nicht Bachs Geschichte erzählte, sondern die meines Bruders. Ich näherte mich dem Finale, und mir zerriss es vor Angst die Brust, weil ich dieses Finale nicht kannte. Ich wollte Lew umarmen. Mit ihm sprechen, ihn halten, ihn trösten. Ich wollte ihn auf die Stirn küssen, an der Hand nehmen. Mein Leben lang bin ich überzeugt gewesen, dass jeder Mensch die Verantwortung für seine Handlungen übernehmen muss, und in dem Moment, als ich den Bogen von den Saiten riss, dachte ich, ich sollte lieber ins Hotel zurück und meinen Bruder davon abhalten, sich umzubringen.

Schweißgebadet flüchtete ich von der Bühne und bat Zentner, mich ins Hotel zu bringen. Mein Freund verstand, dass ich keine Zugabe spielen würde. Was für eine Zugabe überhaupt – die Leute hatten schon während meines Spiels begonnen, den Saal zu verlassen. Ein Flop. Zentner sah wohl, dass ich mir dort, auf der Bühne, etwas von der Seele gespielt hatte, etwas erzählt hatte, aber was genau, wusste er nicht.

Ich glaube, es wurde geklatscht. Vereinzelt, aber immerhin. Das wurde mir im Hotel bewusst. Weil es dort, im Saal, wenigstens irgendein Geräusch gegeben hatte, aber hier nicht. Hier war dieselbe schreckliche Stille, die auch Lew beschrieben hatte.

Ich stieg die Treppe hinauf, überwand meine Angst und machte ein paar Schritte auf das Zimmer meines Bruders zu. Im Flur stotterte leise die Klimaanlage, auf dem Boden vor Lews Zimmer stand ein Tablett mit einem Rest Salat. Über dem Salat kreiste eine Biene. Ich setzte mich hin und lehnte mich an die Wand. Horchte. In dem Moment griff mich die Biene an und stach mich ins Handgelenk.

»Gott sei Dank hab ich schon gespielt«, dachte ich, als ich die Schwellung besah.

Aus dem Zimmer meines Bruders drangen kurze Lacher. Allem Anschein nach waren Lew und Alissa schon im Bett, und sie alberte herum. Das ging ein paar Minuten so, dann verstummte ihr Lachen. Jetzt war nur mehr der schwere Atem der Klimaanlage zu hören, aber sehr bald kam das erste Stöhnen. Mein Bruder ergriff von Alissa Besitz. Ich hörte ihre Stimme und ein monotones Hämmern. Offenbar schlug das Kopfende des Bettes gegen die Wand. Lew schien Alissa etwas ins Ohr zu flüstern, aber was genau, war nicht zu verstehen. Ich streckte mich nach dem Tablett und nahm ein übrig gelassenes Stück Brot. Brach es auseinander. Der Bienenstich schmerzte. Ich horchte und sah zu, wie die Krumen auf den Boden rieselten. Lew machte Liebe mit der Frau, von der er sein Leben lang geträumt hatte, und ich saß vor seiner Tür, im Frack, und spulte alles zurück, was er mir erzählt hatte.

Ich versuchte, die ganze Geschichte noch einmal neu zu formulieren, vom Anfang bis zum endgültigen Schluss, der, wie mir jetzt klar wurde, noch gar nicht eingetreten war. Ich sah den Hof, den Volksauflauf, die an Stangen befestigten Plakate und den deformierten kleinen Mädchenkörper. Ich sah die andere Wohnung. Das zertrümmerte Kinderbett und meine weinende Nichte. Ich hörte Schläge, hörte Klatschen. Lew machte weiter. Alissa stöhnte. Man hörte sie über den ganzen Flur. Mag sein, dass sie ihn in dem Moment sogar geliebt hat, leidenschaftlich war sie definitiv.

Ich entschied, nicht auf mein Zimmer zu gehen, sondern für alle Fälle hier sitzen zu bleiben, vor der Tür. Ich wollte, sobald er fertig wäre, noch einmal mit ihm reden.

Ich weiß nicht, wie lange ich vor Lews Zimmer saß. Vielleicht eine Stunde oder zwei. Dann ging die Tür auf, und mein Bruder kam heraus.

– Was machst du denn hier, Kleiner? Dein Schnarchen hört man ja im ganzen Treppenhaus!

– Wirst du es bleiben lassen?

– Was werde ich bleiben lassen?

– Bringst du dich nicht um?

– Wieso sollte ich mich umbringen?

– Du hast zu mir gesagt: »Morgen bin ich schon nicht mehr da.«

– Ach Gottchen! Glaubst du etwa, ich bin zu dir gekommen, um mich aufzuhängen? Ich hab das so gesagt, weil Alissa und ich morgen weiterfliegen wollten, nach Juan-les-Pins.
– Du wirst also nicht Selbstmord begehen?
– Wieso sollte ich Selbstmord begehen?
– Wegen dieses Mädchens ...
– Hab ja nicht ich rausgeworfen. Was geht mich das an?
– Ich hab mir einfach Sorgen um dich gemacht.
– Na, hör mal ... Das ist ja direkt zum Lachen ...
– Was ist zum Lachen, Lew?

Mein Bruder setzte sich neben mich, streckte die Beine aus und legte mir einen Arm um die Schultern.
– Weißt du, was zum Lachen ist? Weißt du, was wirklich zum Lachen ist, Kleiner? Zum Lachen ist, dass ich mein Leben lang davon geträumt habe, Alissa zu bumsen, dabei ... dabei macht's meine Frau besser ...
– Also gehst du morgen zu ihr zurück?
– Na, morgen bestimmt nicht. Sie ist ja in Petersburg, und ich habe jetzt einen seriösen Job in Moskau. Nein, morgen werde ich Alissa nach Hause schicken und Agata einladen. Wir könnten nach Frankreich fliegen und ein bisschen in Onkel Wo-

lodjas Haus Urlaub machen. Damit ich wieder zu Kräften komme.
– Und dann?
– Dann, wie gesagt, dann muss ich nach Moskau. Onkel Wolodja hat gemeint, es wird Zeit, dass ich eine Stufe höher steige. Ich soll raus an die Öffentlichkeit. Am Donnerstag werde ich in irgendeiner Talkshow auftreten. »ExecutionTV« oder so. Vergiss nicht, Kleiner, ich bin immer noch Journalist ...

APPLAUS

Zitatnachweis
(Übersetzungen von Ruth Altenhofer)

S. 15: Tatjana Anziferowa, Lew Leschtschenko: Ausschnitt aus dem offiziellen Lied zum Abschluss der Olympischen Spiele in Moskau 1980 До свидания, наш ласковый мишка!/*Auf Wiedersehen, lieber Mischka!* Text: Nikolai Dobronrawow. Mosfilm 1980.

S. 60: Zemfira: Ausschnitt aus dem Song Земфира/*Zemfira*. Text: Zemfira. Zemfira, REAL Records 1999.

S. 65 und 160: Zemfira: Zitate aus dem Song Хочешь?/*Willst du?* Text: Zemfira. Prosti Menja Moja Ljubow, REAL Records 2000.

S. 76: Orchester und Vokalensemble »Disko«: Ausschnitt aus dem Song Мгновенье, стой/*Augenblick, stopp.* Text: O. Garbatjuk. Melodija 1978.

S. 102: Najk Borsow: Ausschnitt aus dem Song Верхом на звезде/*Reitend auf einem Stern.* Text: Najk Borsow. Supermen, Snegiri-musyka 2000.

S. 109: Juri Wisbor: Ausschnitt aus dem Song Телефонный разговор/*Telefongespräch.* Text: Juri Wisbor. Napolnim musykoj serdza, Melodija 1987.

S. 116 f.: Lorde: Zitat aus dem Song *Royals*. Lorde schrieb den Song gemeinsam mit dem Produzenten Joel

Little. Erschienen 2013 auf der EP *The Love Club EP* bei Universal Music Group, Virgin Records, und dem Album *Pure Heroine* bei Universal Music Group, Lava Records, Republic Records.

S. 120: CENTR: Ausschnitt aus dem Song на запад/*Nach Westen*. Text: Slim, Guf, Mitja Sewerny, Slowetski. Efir V Norme, ZAO Records 2008.

S. 243: Najk Borsow: Ausschnitt aus dem Song Последняя песня/*Letztes Lied*. Text: Najk Borsow. Supermen, Snegiri-musyka 2000.

Roman
Aus dem Russischen von Ruth Altenhofer
320 Seiten
Auch erhältlich als eBook und Hörbuch-Download

Eigentlich sollte der junge Franzisk Cello üben fürs Konservatorium, doch lieber genießt er das Leben in Minsk. Auf dem Weg zu einem Rockkonzert verunfallt er schwer und fällt ins Koma. Alle, seine Eltern, seine Freundin, die Ärzte, geben ihn auf. Nur seine Großmutter ist überzeugt, dass er eines Tages wieder die Augen öffnen wird. Und nach einem Jahrzehnt geschieht das auch. Aber Zisk erwacht in einem Land, das in der Zeit eingefroren scheint.

Roman
Aus dem Russischen von Ruth Altenhofer
288 Seiten
Auch erhältlich als eBook, Hörbuch und Hörbuch-Download

Alexander ist ein junger Mann, dessen Leben brutal entzweigerissen wurde. Tatjana Alexejewna ist über neunzig und immer vergesslicher. Die alte Dame erzählt ihrem neuen Nachbarn ihre Lebensgeschichte, die das ganze russische 20. Jahrhundert mit all seinen Schrecken umspannt. Nach und nach erkennen die beiden ineinander das eigene gebrochene Herz wieder und schließen eine unerwartete Freundschaft, einen Pakt gegen das Vergessen.

Roman
Aus dem Russischen von Sabine Grebing
704 Seiten
Auch erhältlich als eBook

Macht macht einsam. Das spürt auch der Präsident der Ukraine im Jahre 2013. Was nutzen Geld und Einfluss, wenn man niemandem mehr trauen kann? Wirklich niemandem? Eine alte Jugendliebe scheint allen Stürmen des Lebens zu trotzen …

Aus dem Russischen von Angelika Schneider
176 Seiten
Auch erhältlich als eBook

Viktorija Tokarjewa, die Grande Dame der russischen Literatur, erzählt ihr Leben anhand der Männer, die ihr geholfen haben, Schriftstellerin zu werden und ihr Talent zum Blühen zu bringen. Indem sie an sie geglaubt, sie zur Weißglut getrieben, sie geliebt, ihr Land revolutioniert, sie herausgefordert haben. Und als Zugabe: ein sehr persönlicher Essay über Viktorija Tokarjewas großes literarisches Vorbild Anton Čechov.

Auf **diogenes.ch/newsletter** erfahren Sie zuerst von Neuerscheinungen und Neuigkeiten unserer Autoren.

Oder schauen Sie hier vorbei: